PIZZERIA
dell'incontro
QUATTRO FORMAGGI
AITO AOYAGI

クワトロ・フォルマッジ

青柳碧人

光文社

クワトロ・フォルマッジ

装画　晴菜
装幀　bookwall

第一章

1．紅野仁志《こうのひとし》

【パルミジャーノ・レッジャーノ】

一般的に「パルメザン」という名で親しまれるチーズ。イタリアの都市パルマにその名を由来する。ざらりとした舌ざわりが特徴的で、そのまま食べるのはもちろん、リゾット、パスタなど、イタリア料理に広く使われる。最低一年以上の熟成を経て市場に出され、熟成期間が長ければ長いほど凝縮されたうまみがある。

外へ出ると、冬の冷気が頬を襲った。

十二月十五日。曇天。夜の十一時すぎから雪が降るかもしれないと、さっきまで見ていたテレビのニュースでは言っていた。

首から冷気が入り込んでくるような気がして、片手でマフラーを整える。胸の中にあるやるせない気持ちを吐き出すと、白くなった。

ため息をつくと幸せが逃げると、子どもの頃に母親に何度も言われたものだ。そして、自分も、さやかに同じようなことを言ってきた。だが――と、元妻の直子《なおこ》の顔を想像した。こうも陰険なやり方をされると、ため息もつきたくなる。

こっちのことなんて何も知らないくせに。あんたはどうせ、何も知らないのよ。

頭の中で直子が詰《なじ》る声が響く。どうせ俺は、何も知らない男だ……いけない、いけない。いつも笑顔で明るくいるというのはさやかとの約束だ。

冷え切った外階段を下り、駐輪場へと向かう。若い頃にはバイクにも乗ったし、羽振りがよかった頃には車も持っていた。だが今は、ロードバイクというには少しフォルムのずんぐりしたような古い型の自転車が、仁志の愛車だった。

アパートの敷地を出ると、坂になっている。ペダルを踏みこんで下ると、一層冬の冷気が身に染みていく。さわやかとは言い難いが、そのスピード感は嫌なことをしばし忘れさせてくれた。

あちこちに「生産緑地」という名の畑が点在した住宅地。都内だがまるで田舎のようなのどかさも同居している街並みを二十分ほど漕ぎ、一気に林の中の坂を駆け上る。開けた砂利《じゃり》の駐車場の向こうに、ログハウス風の建物が現れる。《デリンコントロ》――小さな個人経営のピッツェリアだ。店名にはイタリア語で「出会い」という意味があるらしい。

出入り口に向かって建物の左側に回ると、古い物置がある。扉にチェーンと南京錠の掛けられた、何に使われているのかわからないその物置の陰が、従業員が自転車やバイクを停《と》めるスペースだった。

北村《きたむら》オーナー店長の原付のすぐ脇に自転車を停め、出入り口に向かう。裏口もあるが、先に働いている人たちへの挨拶が大事という理由から、開店前の出勤は店舗の出入り口からというルールがあるのだ。

「おはようございます！」

ドアを開き、大声で言った。厨房の中で何かを刻んでいた北村オーナーが、ひょいと顔を上げた。

「おお、おはよう」

「寒いですね。手袋していても、手ががちがち」

「紅野さん、今日も自転車で来たの？」

彼は二つ年上だが、仁志のことは「さん付け」で呼ぶ。きっと、他の従業員が若すぎるからだろう。

「他に来る方法がないですから」

「バスがあるだろ」

「家からバス停までちょっと歩くんですよ。それなら自転車に乗っちゃったほうが」

「まあいいけどさ、寒いから帰り、気をつけてね。今晩だけじゃなく、明日も紅野さんには頑張ってもらわなきゃいけないんだから」

今日の夕方、北村オーナーは仲間とスキーを楽しむため、長野へ旅立つのだった。毎週月曜の定休日以外はろくに休みをとらない彼にしては珍しい、イレギュラーなことだ。帰ってくるのは明後日の午前中。そのあいだ店を閉めることはせず、仁志に店長代理を任せると北村オーナーは言ったのだ。頼られるのは気分の悪いものではない。

「わかりましたよ」

プライベートの悩みはひとまず置いておこう。仁志はロッカールームへと向かう。

従業員の休憩室も兼ねたその部屋は、三畳分ほどの広さしかない。着替えもこの部屋で行うが、男女兼用なのでドアの廊下側には「空き」「使用中」と裏表で表示される札が下がっており、内側にはスライド式の錠も付いている。正面のハンガーラックにはクリーニングに出されたそれぞれの従業員のユニフォームが掛けられているが、仁志はそれには手を付けず、コートとマフラーを脱いで自分のロッカーに押し込め、再び部屋を出た。出勤直後のトイレ掃除は、着替える前にすることにしている。

「あ、紅野さん。おはようございます」

ショートカットのあどけない顔が、仁志を見上げてにこにこ笑っていた。

「おはよう、宮田《みやた》さん」

「寒いですねー。私、断然夏派だから、つらいですよお」

宮田久美《くみ》。昨年から勤めはじめた厨房担当の女性だ。病気にかかったことがあるのかと疑いたくなるほど元気で、厨房より接客に回ってくれたほうがいいと仁志はいつも思うのだった。

「そうだ。紅野さん、ちょっといいですか」

仁志の腕をつかみ、ロッカールームへと引っ張りこむ。ドアが再び閉まった。

「こないだお話しした、あの件なんですけど」

「あの件？」

訊《き》き返しながら、その上目遣いにドキリとしてしまう。二十五歳。十一歳も年下だ。恋人の話もちらほら聞くし、恋愛感情を抱くでもないはずだ。だが、彼女と話しているといつも癒される。出勤前に気分の滅入るようなことがあった日は、特に。

「これですよ」

久美はバッグに手を突っ込み、小さなプラスチック人形をひとつかみに取り出した。エビや卵や赤貝といったすしネタが頭にのせられたウサギが、全部で七匹。

「あ、すしラビット……」

小学生に人気のキャラクターで、大人の間にもファンが多いらしい。

「昨日の休み、ショッピングモールに行ったら、紅野さんが言っていたガチャガチャがあったんで。八回やったんです」

「八回⁉」

「けど、ワサビ巻きちゃんは出ませんでした。これ、よかったらさやかちゃんに……と思ったんですけど」

そういえば先日、休憩中にさやかのことを話したな——仁志は思い出していた。あんな他愛もない会話を覚えていてくれたなんて。

「ありがとう、お金、払うよ」

「あっ。いや、いいんです別に。私も欲しいのあったし。鮒《ふな》ずしちゃん。それは自分のにしましたから」

「いや、そういうわけにはいかない。八回だと八百円かな?」

「一回三百円なんで、二千四百円です」

軽く後悔した。しかし、言った手前引き下がるわけにはいかない。財布を出そうと自分のロッカーに手を伸ばしたそのとき、ドアがノックされた。

「あいてまーす」

久美の返事を受け、ドアが開く。片山伸也《かたやましんや》が顔をのぞかせた。

「紅野さん……、トイレ掃除まだかって、オーナーが……」

ラグビーでもやっていそうなほど大きな体のわりに、いつもどんよりした目をしていて、口調も暗い。海藻のような縮れた前髪を目のあたりまで伸ばしているのもまた、陰気さを感じさせるのだった。

「ああ。ごめん。今、やる。じゃあ宮田さん、お金はあとで」

「本当にいいんですって」

片山の大きな体とドアのあいだを抜けて出ようとする仁志を、「紅野さん」と久美は呼び止めた。

仁志は振り返る。

「今夜は頑張ってくださいね、店長代理」

見ているだけで明るくなれる笑顔――きっと、ランチのあとの休憩時間、また彼女にさやかのことを話してしまうだろう。

*

トイレ掃除を終え、着替えをすませてホールに出る。こちらの掃除は昨晩のうちに済ませてあるが、床をチェックし、テーブルクロスをセットする。カトラリー類のチェックをし終えたところで午前十時五十分。開店十分前だ。

「おはようございます」

チャコールのコートに黒いニット帽を合わせた女子大生が入ってくる。八木沼映里《やぎぬまえり》。週に三回、午前中の授業に出た後、この店でアルバイトをしている。茶髪で目はきつく、ずいぶん大人っぽい。久美よりもむしろ年上に見えるくらいだった。

「お、映里ちゃん、おはよう」「おはよう」

挨拶を返す北村オーナーや久美に一瞥《いちべつ》をくれることもなく、八木沼はロッカールームに向かっていく。

「八木沼さん、おはよう」

その背中に声をかけるが、彼女は振り返り、刺すように仁志を睨《にら》みつけるだけだった。そして何も言わず、店の奥へと消えていく。

「なんか今日は、尖《とが》った感じですね」

「ああ、機嫌が悪そうだ」

北村オーナーと久美は困ったような顔で話している。

さらに困っているのは仁志だった。

今年の春からこの店でアルバイトを始めた彼女だが、どうも仁志に対して冷たいのだ。女子大生だし、人付き合いに慣れていないのだろうと仁志はやわらかい態度で接し続けているが、心を開いてくれる様子はない。

営業中、ホールは仁志と八木沼の二人に任される。八木沼も心得たもので、仕事中になると客に対してては愛想がよくなるが、仁志とは「三番、オーダーまでです」「四番、お会計テーブルで」など、最小限の言葉しか交わすことがない。

休憩中もそうだ。北村オーナーや久美とは笑顔で話しているが、そこに仁志が入っていこうとすると、決まって彼女は黙りこむか、席を外す。気まずくなり、会話は終わってしまうのだ。

自分が嫌われている理由を、仁志は何となくわかっていた。

彼女がアルバイトを始めて一か月ほど経《た》ったときのことだった。税務署に提出する書類に住所を書いてもらうために、退勤しようとする彼女を呼び止めた。彼女はバッグからペンケースを取り出したが、同時に一冊の本のようなものが床に落ち、表紙がめくれた。それは小型のクロッキー帳で、ウサギの耳をつけ、足の露出の多いアニメ風の女性の絵が描かれていたのだった。

「すごいねこれ、八木沼さんが描いたの？」

仁志はすぐにそれを拾った。心からの感想だった。こんな特技と感性があったのかと意外だったが素直に感心した。それまで仕事の話以外はせず、もっとコミュニケーションを取りたいと思っていた。チャンスだと思った。彼女を褒められると思った。

「もっと見たいな。いいかな」

ページを繰ろうとすると、

「やめてください！」

彼女はものすごい形相でクロッキー帳を奪ったのだった。

「……他の人には、内緒にしておいてください」

真っ赤な顔。仇敵《きゅうてき》を見るような目だった。

これ以降、以前にもまして彼女は仁志を避けるようになった。誰しも触れられたくない部分はある。それに自分は無遠慮に触れてしまったのだと、八木沼に無視されるたびに後悔している。

「大丈夫か、紅野さん」

北村オーナーがアイスコーヒーを飲みながら心配そうに訊《たず》ねる。

「今夜、映里ちゃんも一緒だろ」

クロッキー帳のことは内緒にしているが、彼女が仁志のことを毛嫌いしているのを北村オーナーも知っているのだった。

「なんとかしますよ」

仁志は無理やり笑った。

＊

初めのお客が来たのは、ランチ営業が開始してから十分後だった。小柄な老婆だ。名前は知らないが常連客で、いつもは金縁眼鏡《めがね》をかけた恰幅《かっぷく》のいい旦那さんと二人で来店する。

「あれ、おひとりですか」

「ええ。主人はちょっと仕事でね、夜戻るんですよ」

「そうでしたか、いつもの席でいいですか?」

「ええ、お願いします」

コートを預かり、出入り口から見てもっとも奥の二人席、六番テーブルに通す。いつもは旦那さんのほうが壁際の、造花が入った小さな壁掛け花瓶の下に座るが、今日はその席に彼女が座った。クッションの座り心地を試すように、二、三度座りなおすしぐさをしたあとで、バッグからバラ柄のストールを取り出して肩にかける。

「マルゲリータをお願いしますね」

メニューを見ずに告げた。

「サラダはイタリアンサラダとシーザーサラダとどちらにいたしましょうか」

「イタリアンです」

「かしこまりました」

伝票にマルゲリータと、アルファベットのIを書いていると、

「それから」老婆はにこやかな表情を浮かべた。「今夜、八時から、二人、予約できるかしら」

「今夜ですか。はい、できますよ。でも、八時からって、いつもより遅いですね」

普段この老夫婦は六時くらいに来店し、七時すぎには帰る。

「主人が遠出から帰ってくるものですから今夜は八時でお願い。できればこのお席で」

「かしこまりました」

昼も夜もピザを食べるのかと思ったが、野暮なことは聞くまいと、笑顔で頭を下げる。

まだこの店に勤めはじめてまもない頃、彼女は「元気がいいわね」と優しい言葉をかけてくれたのだった。人生に不安を抱えていた仁志の心は少し軽くなり、感謝にも似た親近感を抱いている。

それから十数分すると客が増え、テーブル六つの店内はすぐに満席となった。少し小高い森の中といった感じの立地だが、住宅街から近く駐車場もあるので、ランチタイムはそれなりに賑《にぎ》わう。

八木沼映里はてきぱきと注文をさばきつつ、待っている客の対応もそつなくこなす。仁志はセットのドリンクやサラダの出し忘れがないようにチェックしつつ、食べ終わった食器をすばやく片づける役に徹した。気まずい関係であっても慣れたもので、分業はなんとなくできている。

厨房の中ではせわしなく、北村オーナー、久美、片山の三人が動き回っている。脇にうずたかく薪《まき》の積まれたピザ窯でピザを焼くのは、もっぱら、北村オーナーの役である。ピザを出し入れするだけの簡単な作業に見えるが、実はこれが難しいんだ、と北村オーナーは言う。店で、この役を任せられるのは片山しかいないらしい。

その片山はランチのあいだはピザの上に具を載せる役を担っている。巨体で、どんよりとした雰囲気の彼だが、料理の腕は北村オーナーが認めるほどだった。なんでも関西のほうの料理学校を卒業したらしいが、なぜ東京の端の小さなピザ屋で働いているのかは謎だ。

忙しい中、厨房の中の久美と時折、目が合う。久美は必ず、笑みを返してくれる。映里ちゃんと息ぴったりじゃないですか。そう言ってくれている気がして安心するのだった。

だが――、それは客の入りも落ち着いてきた午後一時三十分過ぎに起きた。

「ねえ、ちょっと」

奥の四人席についていたＯＬふうの女性二人組に、ランチセットのサラダを運ぶと、きつい目つきで咎《とが》められたのだ。

「これシーザーサラダよね？　私、イタリアンサラダを頼んだんだけど」

「あっ、そうでしたか。失礼しました、すぐに取り替えます」

出したばかりのシーザーサラダをテーブルから取り上げ、ちらりと八木沼を見た。ここのオーダーはたしか彼女が取ったはずだ。フードカウンターに戻り、久美にイタリアンサラダを頼むと同時に、伝票を確認した。サラダの欄には『C』とあった。シーザーサラダの『C』だ。

「これ、『C』だよね？」

八木沼に見せると、

「ちょっと曲がっているけど『I』です」

「えー、そうなの？『C』に見えるけどなあ」

責めているわけではないんだよ、というつもりで言った。ところが、

「自分のミスを、人になすりつけないでください！」

ヒステリックと思えるくらいの声に、客がこちらを一斉に振り向く。少し後悔したように仁志から視線を外したあと、フードカウンターに出されたイタリアンサラダを、彼女は取った。

「……もういいです。私がやります」

なんでこうなってしまうのか。その背中を眺めながら仁志は、その日何度目かのため息をついた。

＊

店の裏口を出てすぐの壁際に、ベンチ代わりのワイン木箱が二つ、伏せてある。少し離れて、ゴミ用のポリバケツが二つ。

店内は禁煙だが、ここでは吸っていいことになっている。少し前までは、北村オーナーと二人でここに座り、他愛もない話をしていたものだった。ところが北村オーナーは二か月前、「妻と娘に嫌がられちまった」という理由で、あっさりと禁煙した。「タバコをやめてから、チーズがより美味《うま》くなったんだよ」と、今やどうしてもっと早くやめなかったのかという態度だ。

タバコだって安くない。いっそのこと俺もやめてしまうか……と何度か思ったが、唯一の心の解放の時間がなくなる気がして、なんとなく執着するように吸い続けている。

ライターで火をつけ、一気に吸い込む。ニコチンが体内に取り込まれる感覚。

そのとき、裏口のドアが開いた。久美が出てきた。

「あ、ごめんなさい、休憩中に」

久美は笑いながら、仁志のそばに置いてある箱に空き瓶を一本入れる。

「昼間から一本飲むなんてねえ。まさか仕事中じゃないでしょうけど」

さっきまで三番テーブルにいた男三人の客だ。

軽くうなずき、また煙を吐き出した。ゴミ出しをしたなら戻ればいいのに、そんな仁志の顔を久美はじっと見ている。

「元気なくないですか?」

彼女は本当に、ドキリとすることを言う。

「いや、そんなことは……」

「映里ちゃんに怒鳴られたことですか? 気にしちゃだめですよ、映里ちゃんはああいう子ですから」

「わかってるよ。大丈夫」

だが久美は納得いかなそうに眉をひそめた。

「違ってたらごめんなさいですけど、さやかちゃんのことですか?」

「え……」思わず、タバコを取り落としそうになる。

「やっぱり。紅野さんの悩みっていったら、それしかないですから」

「まあ、そうかな」

結果的に、白状してしまった形になった。久美は、仁志の横に腰かける。

「おせっかいします。聞きますよ、私」

やっぱり、久美には話してしまうことになった。


大学を卒業して就職した大手の企業を辞めたのは、二十四歳の夏だった。独立して事業を興すことになった会社の先輩に誘われたのがきっかけだった。誰もが名を知る大企業に就職したときには羨ましがられて調子に乗っていたが、二年間働いても仕事の内容に興味を持てず、ただ昇進と昇給だけを楽しみとして残りの人生を過ごすことに虚《むな》しさを感じていた。それよりは若さを挑戦にぶつけたい。そういう仁志の気持ちに先輩は気づいていたのだった。

新しい会社の事業は、主にウェブサイトのデザインに使用できるソフトウェアの開発と販売だった。表向きパソコンにはからっきし弱かった仁志だったが、一生懸命勉強して一通りの知識を身につけた。表向きの明るさには自信があり、営業もうまくいった。事業を開始してから一年で、会社の業績は上向きになり、給料も二か月ごとに上がっていった。

学生の頃から付き合っていた直子と結婚したのは二十六歳のとき。翌年、娘のさやかが生まれた。会社の業績も上々で、マイホームの頭金を作ることを目的に貯金を始めた。仕事が面白くなったが、子育てをおろそかにするのは嫌だった。時間に余裕のあるときは入浴もさせたし、寝かしつけもした。さやかも仁志になついていて、幸せだった。

運命の暗転は、三十三歳の十一月のある日、突然やってきた。

いつも通り出勤すると、他の社員たちが入り口の前で困ったようにうろうろしていた。入り口の扉に「都合により休業」という張り紙が貼ってあった。社長である先輩にその場で電話をかけたが通じず、仕方がないので帰宅したところで先輩から折り返しがあった。

問題が起きた、と、蒼白《そうはく》の顔が想像できるくらいの声で先輩は言った。

会社を興すとき、融資のためにお互いに連帯保証人になった知り合いがいる。その知り合いの会社が倒産し、融資元の金融機関は先輩のところへ借金の返済を迫ってきた。それが一週間前のことらしい。

何も知らなかった。——仁志は愕然《がくぜん》とした。

どうして言ってくれなかったのか。仁志は詰ったが、先輩は声を詰まらせるばかりだった。

とにかく会社の再建には金が要る。五百万ほど貸してくれないか。——焦燥と怒り、哀れみで頭が混乱していた。それに、どういうことですかと泣きそうになっていた従業員の顔が脳裏から離れなかった。

仁志は直子に相談せず、マイホームの資金にするために貯《た》めていた貯金から五百万円を振り込んだ。

それで、終わりだった。

先輩は姿を消した。会社の借金を背負わされることはなかったが、五百万円は返ってこなかった。ショックにふさぎ込む仁志を、直子は責めなかった。だが、態度が硬化していったのはたしかだった。再就職先は見つからず、生活は切り詰めなければいけなくなった。なついていたさやかもまた、母親に影響されるかのように仁志に冷たくなった。

いい加減、アルバイトでもいいから、家にお金を入れてよ。

ある日突然、直子は言った。

言い返すと、彼女は今まで溜《た》まりに溜まっていた悪感情を吐き出すように仁志を罵《ののし》った。どうしてあなたは何も知らされてなかったの？ 初めから騙《だま》されていたってことじゃないの。

仕事を探してぼんやり求人チラシを見ていたときに、《デリンコントロ》の文字に引っかかったのだった。

ホール急募。経験不問。

ピザなど食べたのはどれくらい昔のことだろうかと仁志は考えた。かつて、心の底から明るかった時代には仲間と食べに行ったこともあったのだろう。あの頃の自分にはもう戻れないとしても、せめてこのどん底からは這《は》い上がらなければ。

電話することなく、店まで行った。ログハウス風の、雰囲気のいい佇《たたず》まいだった。ドアを開けて入ると、ちょうどランチとディナーの間の休憩時間で、北村オーナーがラジオを聞いていた。浅黒い肌に無精ひげのスポーツマンタイプだった。

「チラシを見て、応募させていただきたく参りました！」

思いがけず、大きな声が出た。カラ元気と言ってよかった。だが、久しぶりに大きな声を出して、何かが吹っ切れたようでもあった。

飲食の仕事は慣れないなりに面白かった。久しぶりの労働が充実を与えてくれた。

「あなた、明るいわねえ」

「本当だね、若い元気をもらえるよ」

よく来る客の老夫婦に微笑《ほほえ》まれ、人の役に立てた気持ちになった。年の若いアルバイトの多い職場ではあったが、うまくやっていたと思う。

だが、仁志が明るくなればなるほど、直子の表情は沈んでいった。

いつまでもアルバイトで満足しているつもりじゃないでしょうね。――再就職先を探す活動は継続していたが、思うようにいかず、アルバイトのシフトばかりが増えていった。妻との会話は減っていき、そして勤めはじめてから一年。仕事が終わったあと、店に残った仁志は北村オーナーから告げられた。

「正社員という形で、勤めないか?」

もともと一人ではじめた店だから気ままにやるつもりだったが、帳簿や材料の発注などを手伝う人材が欲しくなったというのだ。

「やります」

仁志はその場で答えた。

「なんで、相談もせずに決めるのよ!」

直子は激怒した。正社員になったところで収入は微増するにとどまり、拘束時間が増えるだけだった。

「もう、別れましょう。さやかは私が育てるわ」

「待てよ」

「あなたは何も知らないのよ。私の気持ちは、もうとっくに離れているの」

驚くほど冷たい声だった。

さやかもまた、母親についていくと言った。だが、たとえ別れて暮らすことになっても、仁志はさやかの成長を見守りたかった。

離婚調停には一年がかかった。仁志がさやかに会うことについて、直子は最後まで抵抗したが、最終的に月に一度は会えることで決着がついた。離婚後二年間は、直子は約束通りさやかに会わせてくれ、さやかもまた仁志と会うのを嫌がっている様子はなかった。だが、ここのところ、様子が変わっていた。

「来週の木曜、娘に会えることになっていたんだけどね」

携帯灰皿でタバコの火を消しながら仁志は久美に言った。

「第三木曜日でしたっけ、会えるの」

離婚していることや、さやかとのことについて、久美には話してある。一回りほども年下の彼女に勇気をもらいたいというどうしようもない自分自身の甘えが、たまに嫌になる。しかし性懲りもなくまた、こうして話してしまうのだ。

「朝、直子……元妻から電話があって、事情があって会えなくなってしまったんだ」

「えー、なんですか、事情って」

「友人のバレエダンサーの発表会らしい。さやかも最近、バレエを習いはじめて、感性を磨かせるために見せたいんだって。だから今月は会うのを我慢してくれと」

「ひどくないですか？　裁判所が決めた、紅野さんの正当な権利ですよね」

「そうなんだが、元妻には引け目があって」

「さやかちゃんのほうは紅野さんに会いたがっているんですよね。別の日に変えてもらっても、会うべきです」

久美の口調は熱を帯びている。

「なかなか都合がつけづらいそうだ」

直子はそれを見越してわざとぎりぎりに予定中止を申し出てきたのだろう。わかりきったことだが、それを言えば久美をさらに刺激するだろうから黙っておいた。

「宮田さん、せっかくすしラビットのガチャガチャを持ってきてくれたのにすまなかった。そういえば、お金、まだだったね」

「いえいえ、本当にそれは気にしないでください」

「いろいろ聞いてくれてありがとう」

ドアが開いた。

「あ。すみません」

片山だった。手に、白いポリ袋を持っている。なぜ謝るのか、と少しだけ不自然に仁志は感じた。

「ちょっと、ゴミを」

のっそりと二人の前を通り過ぎ、ポリバケツのふたを開けてポリ袋を放り込む。ふたを戻し、並んで座っている仁志と久美の顔を交互に眺めた。

「どうした?」

「いえ……」

用が終わったにもかかわらず、店内に戻ろうとしない。何を考えているのかよくわからない男だ。

仁志はいづらくなり、タバコをポケットにしまって立ち上がった。店内に戻るとき、ちらりと振り返ると、片山はまだ久美を見ていた。彼女に話でもあるのだろうか。

＊

休憩時間が終わると、北村オーナーを中心にディナーの準備が始められる。四時過ぎに出る予定の北村オーナーはいそいそとトマトソースを作っているが、口は止めていない。

「そりゃおかしい。どう考えてもメインだよ、クワトロ・フォルマッジは」

「いや、いくらオーナーの意見でも、これだけは譲れません」

言い返す八木沼の顔は緩んでいて、口調も明るい。けしてコミュニケーションの取れない女子大生ではない。仁志に対する態度だけ、特異なのだ。

「だって、ランチタイムに一人で来て、クワトロ・フォルマッジを頼むお客さん、いますか？」

「まあ、それは……いないかな」

北村オーナーは答えた。それ見たことかと八木沼はまくしたてる。

「三人か四人で来たお客さんが、一枚ならクワトロ・フォルマッジ交ぜてもいいか、って感じで頼むんですよ。マルゲリータにビスマルクにオルトラーナに……具だくさんの派手なピザの中、箸休め的な感じでクワトロ・フォルマッジが運ばれてくる」

「箸、使わないでしょ」

久美が突っ込む。北村オーナーは笑みを浮かべるが、八木沼は茶化すなとばかりに続ける。

「とにかく、クワトロ・フォルマッジは『ごはん』っていう感じでは頼みません。メインにもなりえません。だいたい、ハチミツ、かけるじゃないですか。どっちかっていったらスイーツですよ」

この話題は、初めてではなかった。すなわち、クワトロ・フォルマッジは食事かスイーツか。

イタリア語でクワトロは「四」、フォルマッジは「チーズ」。クワトロ・フォルマッジは「四種類のチーズが使われたピザ」ということになる。チーズ以外の具は一切載せられておらず、それゆえ、相当チーズが好きでなければ、一人で来たお客はまず頼まない一品である。八木沼の言うとおり、何人かのグループが数枚頼むうちの一枚として出されるピザだ。

「トマトソースとかアンチョビソースでお腹《なか》いっぱいになったところに、ハチミツをかけた甘い状態で食べる。これがスイーツじゃなくてなんです？」

「ハチミツは……」ぼそりと、片山が言った。ピーマンを刻む手を止め、八木沼のほうを見ている。

「ゴルゴンゾーラが苦手な人が独特の風味を和らげて食べるためのものであって、クワトロ・フォルマッジに必ずしも必要なものじゃないのでは……」

アイスピックのような視線を、八木沼は片山に向ける。片山は黙って目を伏せ、仕込み作業に戻る。トマトソースの火を止めながら、北村オーナーが苦笑している。

「片山さんの言いたいこともわかりますけど、やっぱり私は映里ちゃんと同じ意見だなあ」

久美が言った。

「クワトロ・フォルマッジは食事っていうより、スイーツに近いと思います。紅野さんはどう思いますか」

話を仁志に振ってきた。また思い悩んでいるような顔を見せてしまっていたかと、仁志は軽く反省する。

「食事でしょ」極めて明るいふりをして、仁志は答えた。「今日のデザートはこれですと言われて、クワトロ・フォルマッジを出されたら、『えー』って言うと思わないか」

「まあ、それはたしかにそうですねえ」

久美は笑うが、八木沼が盛大に舌打ちしているのがわかった。ちらりと彼女のほうを見たが、完全に無視された。

「みんな、ちょっといいか」

北村オーナーが木のトレイを持ってホールへとやってくる。

「久美ちゃんと片山も、こっちに」

仁志がセッティングしていたテーブルの上に、北村オーナーは木のトレイを置いた。久美、八木沼、片山がテーブルを囲む。トレイの上には四種類のチーズが載っている。

「ちょうど話に出たわけだし、いい機会だから話しておこうと思う。俺がピッツェリアを開こうと思ったのは、一枚のクワトロ・フォルマッジがきっかけだったんだ」

「えっ、そうなんですか」

仁志は思わず訊ねた。北村オーナーはうなずく。

「二十八の頃会社を辞めて、あてもなくあちこちを旅していたとき、ふと入ったピザ屋で、初めて食べたんだ。いろんな味が生地の上で一つにまとまっていて、香りが豊かで、濃厚で、感動しちまった。それまでチーズになんてまるで興味がなかったが、貯金をはたいていろんなチーズを食べたよ」

「そういういきさつがあったんですか」

驚いたような久美のほうをちらりと見たあとで、北村オーナーは一同の顔を眺めまわした。

「クワトロ・フォルマッジは『四種類のチーズ』という意味だが、どの四種類を使うか、公式のレシピというのはない。今ここにあるチーズが、うちで出しているクワトロ・フォルマッジに使っている、現時点で俺が最高だと思っている四種類だ」

チーズナイフを手に取ると、八木沼の顔を見てそのうちの一つを指す。

「強い塩味の奥に芳醇《ほうじゅん》さを秘めた、ペコリーノ・ロマーノ」

次に北村オーナーは、久美に視線を移す。

「一見つるつるでもっちりしてるが、加熱すればまったく違う顔を見せる、モッツァレッラ」

久美は笑いをかみ殺したように唇をゆがめた。北村オーナーの目は片山のほうへ移る。

「青かびに対する抵抗を取り払えば実にマイルドで親しみやすい、ゴルゴンゾーラ」

最後に、仁志の顔を見た。

「熟成によってばっちりうまみの凝縮された、パルミジャーノ・レッジャーノ」

熟成。自分は果たして、熟成されているのだろうか。先輩に騙され、妻に逃げられ、娘にも会えなくなった、何も知らないような男が――。

「みんな特に珍しいチーズというわけじゃない。むしろ、オーソドックスな四つのチョイスと言える。いろんなチーズを試したが、やっぱりこの四つのチーズがいい。ごく普通の、ありふれたチーズが溶け合って、ありふれていないハーモニーが生まれる。四つのどのチーズの量が違っても、違うクワトロ・フォルマッジが生まれる」

「それって、毎日味が違ってしまうということですか?」

久美が訊いた。

「そうさ。だがそれでいいんだ。今日のクワトロ・フォルマッジは、今日しか食べられない。うちの店名には、そういう意味も込められている」

デリンコントロ――イタリア語で「出会い」。

「ま、わずかなあいだだけでも店を預けるわけだから、この精神だけは伝えておこうと、ふと思ってな」

北村オーナーは仁志に目配せをした。八木沼とのことを気遣ってくれているのだろう。わかっている。アルバイトに嫌われていたって、店長代理はしっかり務め上げなければ。

とそのとき、ががが と何かが震える音がした。八木沼が、フードカウンターの上に置いてあったスマホを取る。画面を確認し、通話をはじめた。

「もしもし……そうですけど」

仁志を含めた四人は、なんとなく彼女を見ている。

「えっ？　ちょっ、ちょっと待ってください……オーナー、外で電話してきます」

「ああ」

外へ出ていく八木沼を見送り、「さあて」と北村オーナーは伸びをした。

「軽く片づけて、ぼちぼち行くかな？」

「まだ三時四十分ですよ」壁の時計を見て、仁志は言う。

「いろいろやることがあるんだ。そのチーズは食っちまっていいから」

厨房に戻り、片づけを始める北村オーナー。八木沼が戻ってきたのはそれから一分もしないうちだった。

「ごめんなさい。私、ちょっと出てきます」

フードカウンター越しに、厨房の北村オーナーに申し出る。何か急ぎの用事のようだった。北村オーナーはにやりと笑った。

「今夜の店長は俺じゃないぜ」

戸惑ったように八木沼は仁志のほうを向いた。

「いいですか？」

「……いいけど、どれくらい?」

「六時までには戻ります」

＊

八木沼が出て行ってすぐに北村オーナーもスキーに旅立った。仁志も手伝って仕込みをしていると、開店時刻の六時はすぐにやってきた。

問題がひとつ起こった。八木沼が、戻ってこないのだ。

アルバイトが一人いないからといって店を開けないわけにはいかない。予定通り店を開けた。初めは客は少なかったが、七時が近づくにつれ、続々とやってきた。

「映里ちゃん、まだつながりませんか?」

サラダをフードカウンターに出しながら、久美が訊ねる。客が入って厨房が忙しくなり、八木沼へは折を見て仁志が電話をかけているがつながらないのだった。

「もう、別の応援、呼んだほうがいいんじゃないですか?」

ピザ窯の中にマルゲリータを入れながら、片山が言った。

「犬塚《いぬづか》さんも、岩部《いわべ》くんも、みんな無理だった」

他のアルバイトたちにも仁志は連絡をしたが、みな予定が入っていた。

「すみませーん。追加注文お願いします」

一番テーブルで女性客が手を挙げている。三番テーブルの客はさっきから待たせたままだ。テーブル六つといっても、ピーク時に一人で立ちまわるのは無理がある。

「私も運びます。片山さん、ちょっとこれお願いしていいですか」

久美は自ら盛りつけたピクルスの皿を持って厨房から出てくる。頼もしいその姿に見とれている暇もなく、仁志は追加オーダーを取りに行く。

「こんばんは」

例の老夫婦がやってきたのは、八時きっかりだった。予約席の札を置いてあった六番テーブルに通す。六十代も後半にさしかかったであろう金縁眼鏡の旦那さんが、壁際に座った。

「ずいぶん忙しそうだね」

柔和な顔で言う。余裕がなくて、とあまり愛想の良くない返事を返してしまったのが悔やまれるが、二人はいつものようにピザを楽しんだ。マルゲリータとピッツァ・フンギ。奥さんは昼もマルゲリータを食べていたが、相当お気に入りなのだろう。

老夫婦が席を立ったのは、九時三十分を少し回った時刻だった。

「今日はオーナーは」

「お休みです。私が代理でして」

「そうかい、感心感心、また来るよ」

ワイン二杯ですっかり上機嫌になった旦那さんと奥さんを見送り、店内を振り返る。残りのお客は二組。ようやく、ほっとできる。

フードのラストオーダーが十時のこの店に、この時間から客が来ることはほぼないだろう。三番テーブルの男性二人組、四番テーブルのサラリーマン四人組。新たな注文が入ったとしても一人でじゅうぶんにさばける状況だ。

それにしても八木沼はどうしたのだろう。仁志は心配になってきた。仁志に対して冷たい態度をとる彼女だが、けして勤務態度が不真面目なわけではない。むしろホールでは機敏に動くし、客への気配りも申し分はない。無断欠勤など、少なくとも仁志とシフトが同じ日では初めてだった。しかも、ランチの時間はともに働いていたというのに——。

「すみません。さっきのボトルをもう一本」

四番テーブルのサラリーマンが手を挙げる。

「かしこまりました」

もうすっかり賑やかな雰囲気になっている彼らにボトルを供し、六番テーブルを片付け終わった直後、出入り口のドアに取り付けられたベルが鳴るのを聞いた。

ドアには、やせ形の男が立っていた。

ブランドものだろうか、襟のずいぶん尖った真っ青なコートを着ている。パーマのかかった髪は整髪料で濡《ぬ》れたようになり、鷲鼻《わしばな》と頬骨《ほおぼね》が特徴的だ。年齢は三十代後半から、四十代前半といったところだろう。顔がやせ細っているため、目玉が異様なほどぎょろりとしている。

「いらっしゃいませ、おひとり様ですか」

声をかけながらとっさに時計を見る。九時五十五分。

「お食事のラストオーダーは十時になりますが、よろしいですか」

よく磨かれたビリヤードの玉を思わせる目玉を仁志のほうに向け、彼は無言でうなずくと、コートを脱ぎながらつかつかと入ってくる。

仁志にコートを突き付けるように渡し、奥へ進み、六番テーブルの壁際の席に勝手に腰かけた。

なんとも不愛想で強引な客だ。だが、変につっかかってトラブルになるのは避けたほうがいい。出入り口付近のコート掛けにコートを預け、仁志はメニューを彼に渡しに行く。ざっと見通したあとで、

「マルゲリータ」と言った。

「お飲み物は?」

「いらない」

フードカウンター越しに、マルゲリータと厨房に告げる。久美が怪訝《けげん》な顔をし、仁志の体に隠れるようにして男を見る。

「この時間から、一人でですかあ? しかも、お酒なしで」

仁志も同じ疑問を持った。そもそも、ディナータイムに一人で来るような店ではないのだ。

対照的に片山はその日一枚目のピザを焼くかのように無言で生地を伸ばしはじめた。夜も変わらないじとっとした目つき。何を考えているかわからないが、こういうときに変に動じないところは、ひょっとしたら職人らしいと評価すべきなのかもしれない。

ふと、一番テーブルの椅子がずれているのが気になった。近づいて位置を直したそのとき、厨房の中から食器の割れる音がした。

「わっ」

サラリーマン四人組の一人が驚いてワイングラスを倒しそうになる。

「失礼しましたーっ!」

厨房から久美の声が聞こえた。洗い物も多く、焦っているのだろう。

「失礼しました」

仁志はホールじゅうの客に聞こえるように言った。

六番テーブルの男は、無反応だった。テーブルに肘をつき、妙な形に両手の指を組み、瞬《まばた》き一つしない。見れば見るほど、妙な客だ。——だが、仁志はまだ知らなかった。この夜、《デリンコントロ》を訪れる珍客が、もう一人いることを。

＊

「いやあ、美味かったよ。しかしごめん。最後にワイン頼んだのに飲めなかった」

四人組サラリーマンの中でもっとも年上の男性客が会計を済ませながら笑った。部下の三人はすでに外に出ている。

「お気になさらないでください」

「半分以上残ってるから、よかったらみんなで飲んで。ほいじゃ、ご馳走様《ちそう》」

「ありがとうございました」

上機嫌で店を出ていく男の背中に頭を下げ、壁の時計を見る。午後十時十分。男性の二人組もすでに退店しており、客は六番テーブルの男しかいなくなってしまった。ディナーの客すべてにサービスで出しているピクルスには手もつけていない。

「ま、マルゲリータ、もう少しで出まーす」

久美の声が厨房からかかった。今日の最後の料理ということになる。フードカウンターに一歩踏み出したそのとき、背後でドアが開く音がした。

「申し訳ありません、もう……」

フードのラストオーダーが終わってしまいまして、と言おうとして固まった。

白いダッフルコート、赤いマフラー。外の冷気で顔を真っ赤にさせた小学生の女の子――。

「よっ」

彼女は軽く手を挙げると、「あー、寒かったー」と手近のテーブルの椅子を引く。

「お前、何をしてるんだ」

「何って……ああ、そうか。コート脱がなきゃだめか」

ダッフルコートを脱ぎはじめる。

「そういうことを言ってるんじゃなくて……」

「紅野さん、マルゲリータ、出ますけど」

久美がフードカウンターに、マルゲリータの大皿を載せた。

「わあ、おいしそう！」

「紅野さん、誰ですかその子？」

マルゲリータを受け取るついでに、久美に顔を近づけ、小声で告げた。

「俺の娘だよ」

「さやかちゃん？」

「はい」にっこり笑って彼女――さやかは答えた。

『はい』じゃなくて、お前……」

「お客さん、待ってるよ」

さやかは仁志の肩越しに、奥のテーブルを見る。振り返るとあの男性客がぎょろりとした目で仁志の顔をとらえていた。突然現れた娘を忌々《いまいま》しく思いつつ、背筋を伸ばし、男のテーブルへ進んでいく。

「お待たせしました。マルゲリータでございます」

男は組んでいた指を外し、テーブルの上から肘を下ろした。

「ごゆっくりどうぞ」

相変わらず何もしゃべらない男に頭を下げ、出入り口のほうへ戻る。久美が厨房から出てきて、さやかと楽しそうに談笑していた。

「おい」仁志はさやかに声をかける。「どうしたんだ、こんな時間に」

「ママと喧嘩《けんか》して、晩ごはんの途中で家出してきた。だから、今日はパパのところに泊まろうと思って」

何を勝手なことを、という気持ちと、嬉《うれ》しいという気持ちが混在した。後者のほうが顔に出てしまったようだった。

「顔がほころんでますよ、紅野さん」

久美がすかさず指摘する。

「ママはここに来たこと、知っているのか」

「知るはずないでしょ。家出だから」

「家出って……」

「心配ないよ。初めてじゃないもん。まあ、今までは友だちの家にお世話になってきたから、この寒空の下で一晩明かすとは思っていないはず」

「だけどな」

万が一ここへ来たことがわかったらと思うと仁志はぞっとした。裁判所からの命令で、月に一度の決められた日以外にさやかに近づくことは禁じられている。さやかから仁志のところへやってきたとしても、仁志の責任が問われないとは限らない。いや、確実に問われるだろう。

だが……と、娘の顔を見て仁志の心は揺らぐ。

こうして自分から会いに来てくれた。泊まりたいとも言ってくれた。それなら世話をするのが父親の務めではないか。

「とりあえず、まだ営業中だから、裏に」

「ねえパパ、私の話、聞いてた？」さやかの目が吊《つ》り上がった。「晩ごはんの途中で喧嘩して家を飛び出して腹ペコの娘が、あんなおいしそうなピザ見せられて、食べられないなんてかわいそうと思わない？」

　六番テーブルを指さすさやか。マルゲリータをくわえた状態で、ぎょろ目がこちらを向いている。仁志は慌ててさやかをたしなめた。

「お客さんを指さすんじゃない。残念だが、フードのラストオーダーは終わってしまって……」

「片山さん、ピザ窯の火、もう落としちゃいました？」

久美が厨房の中に向かって訊ねる。オリーブオイルの瓶の向こうから、片山が顔を出した。

「いや、大丈夫ですよ」

「よかった。大丈夫だって、さやかちゃん」

「やった、ありがとうございます。じゃあ私もマルゲリータ」

「マルゲリータ、お願いしまーす」

久美が片山に注文を通す前で、さやかは仁志の顔を見る。

「お金はパパのお給料から差し引いてね」

ちゃっかりした娘だ。とりあえず、一番テーブルにつかせる。

「へぇー、ここがパパの店かあ」

きょろきょろと店を見回すさやか。

「今日は、パパが店長代理なんだぞ」

なんとなく自慢してみたが、「代理でしょ、しょせん」と軽くあしらわれてしまう。その後も久美を交えてしばらく話していたが——、突然店の奥で、陶器が割れる音とともに何かが倒れた。

振り返ると、ぎょろ目の男性客が右半身を下にして床に倒れていた。彼の目の前には四分の一ほどがなくなったマルゲリータが落ち、それを載せていた皿が砕け散っている。

「ど、どうしたんです？」

喉にピザが詰まったのだと、仁志はとっさに思った。男に駆け寄り、その肩をゆすぶった。男は喉を押さえてがっ、ぐっ……と唸《うな》りながら、苦しそうに悶《もだ》える。

「大丈夫ですか！　吐き出してください！」

叫びながら男の体を押さえ、背中を思い切り叩《たた》いた。高そうなズボンの尻の部分がほつれているのが妙に目に付いた。

ピザが口から出てくる様子はない。ばっ、と男の口から赤い泡が飛び散った。

仁志は絶句し、背中を叩く手を止める。男は白目をむき、ぐったりとしていた。口元から噴き出ている泡の赤さは、トマトソースだけによるものではなさそうだった。

「お客さま？　お客さま？」

久美が駆け寄ってきてその肩をゆすぶる。

「どうしたんです？」

厨房から片山までもが出てきた。彼は男の顔を見るなり「……えっ」と固まった。仁志は思い立ち、男の鼻と口元に手を当てた。息をしている様子はなかった。

「死んでいる……」

久美が息をのんだ。

混乱していた。

どういうことだ。なぜこの男は……？

「毒ですよ」片山がぽつりと言った。「これはどう見ても、毒ですよ」

「毒？　ピザに毒が入っていたというのか？」

仁志は片山に問う。片山は冷静に首を振った。

「わかりません。わかりませんがそういうことでしょう。いや、俺じゃないですよ」

片山の向こうに、こちらを見ているさやかがいた。蒼白の顔に浮かんでいるのは、恐怖だ。目の前で人が死んだ恐怖。さやかをこれ以上関わらせてはいけない。ママに電話して迎えに来てもらおう、と、その言葉が出る前に、勢いよくベルを鳴らしながらドアが開いた。

「すみませんでした！」

八木沼映里だった。彼女は、いきなり深々と頭を下げた。

「映里ちゃん……」

久美が声をかける。

「えっ？」

八木沼は目を見張る。憔悴《しょうすい》したような顔で店内を見て、倒れている男に気づいたようだった。近づいてきて、じっと男を見下ろした。

「死んでるみたいなんだ」

何と説明していいかわからず、仁志はそう言った。

「どうして、この人……」

八木沼はつぶやいた。この人——気になる言い方だ。

「八木沼さん、誰だか知ってるの?」

「いえ……」

彼女はすぐに男から目をそらした。その言葉が嘘《うそ》であることを、仁志は直感した。

2. 八木沼映里

【ペコリーノ・ロマーノ】

イタリア最古のチーズ。保存性に優れ、古代ローマ帝国では兵士の携行食とされた歴史を持つ。羊の乳特有の香りと強い塩味のために苦手とするチーズ初心者も多いが、ピクニックに持っていってワインと合わせるのが、イタリアの春の風物詩となっている。パルミジャーノ・レッジャーノと合わせて作ったカルボナーラは、チーズの芳醇さを楽しめる逸品である。


十二月十五日、午前八時五十五分。

一限が始まるまであと五分だというのに、百五十人の学生が収容できる大教室の席は三十パーセントも埋まっていない。出席を取らない授業など、こんなものだ。

映里だって、この授業にそんなに興味があるわけではなかった。なのに毎回出席しているのは——親のためだろうか。

今どき、四年制大学を卒業していないやつが世間で相手にされるものか。

父親の蔑《さげす》んだ目が、大教室の天井から映里に向けられているような気すらした。

大学なんか、行きたくなかった。ずっと絵を描いて暮らしていたかった。

高校ではずっと、〝上層部〟とか〝一軍〟とか呼ばれるグループに属していた。

おしゃれに目覚めたのだって他の女の子より早かったし、スポーツ系の行事にも文化祭の行事にも率先して盛り上がるほうだった。少しは無理していたけれど、そうしてついていかなければ、高校生活を楽しめないと思いこんでいた。

だから、周囲の誰も気づいていなかった。本当の映里の姿に。

「おはよう」

秋山《あきやま》さんがやってきて、隣の椅子に腰かける。くすんだ水色のニット。大学生にもなって三つ編みで、地味な顔には化粧っけがない。高校時代だったら絶対に話さなかったような相手だけど、「おはよう」と、つとめて明るく挨拶を返す。

「これ、できたの。確認してもらおうと思って」

吹奏楽サークルの定期演奏会のビラが差し出された。やたらスリムな女の子が、サックスを吹いている。そのイラストを描いたのは、映里だった。

「もうできたんだ。うん、いいんじゃない」

「ありがとう。サークルのみんなもすごく喜んでたよ。イラストの仕事とかやればいいって」

「えー、そんなの自信がないよ」

笑顔を作りつつ、胸の中がざわついた。

本当は、その夢に向かっているはずだった。だけど、どうなるかわからない。不安が顔に出てしまって、勘づかれたらどうしようなどと思う。

タイミングよく教授が部屋に入ってきたので、秋山さんは自分から会話を止めてくれた。

そこから九十分間は黙って授業。

「これから暇？」

授業が終わるなり、秋山さんは訊いてきた。

「ごめん、これからバイトなの。またね」

笑顔で手を振って逃げ出した。別に嘘をついたわけではない。むしろ、こうやって誰かにランチに誘われないようにするのも、《デリンコントロ》でアルバイトを始めた理由の一つなのだから。

裏門近くの駐輪場から自転車を引っ張り出し、大通りをひたすら走る。

通学途中は氷の中を走っているのではないかと思えるほどの気温だった。一限を受けているあいだに体は温まってはいたものの、自転車に乗ると風は冷たい。

走っていれば嫌なことを忘れられるかと思ったけれど、そうでもなかった。むしろ胸中のざわめきは不安を搔《か》き立てる一方だ。理由は、授業中もずっと頭の中を占めていたことだった。

やっぱり、騙されたのではないか。

アルバイトをしていれば、仕事に集中できる。早く店に着きたい。そして——あの人に会いたい。

＊

初めてイラストに興味を持ったのは、高校一年生のときだった。

文科系の部活にも力を入れていた高校で、美術室の隣に「イラスト部」という看板が掲げられた部室があり、近くの廊下の壁には部員たちの作品が貼り出されていた。アニメのようなものから、ファッションブランドのポスターに使われるようなスタイリッシュなデザインのものまであり、こんなものが高校生に描けるのかと驚嘆したものだった。

イラスト部に入ることを考えなかったわけではない。だが同時に、クラスメイトに自分自身を四月のうちにどう印象付けるかが重要であることを、映里は本能的に知っていた。いわゆる〝一軍〟グループに入らなければ、楽しい高校生活は保証されなかった。映里の学校において、一軍では、イラスト部は敬遠されるべきものだったのだ。

日々、目立つグループの友人たちと同じ音楽を聴き、同じ動画を見、同じ話題に笑って過ごす。そうやって仮面を厚くしていく中で、映里の内面はむしろ、どんどんイラストに傾いていった。自分自身でも不思議だったが、自宅で一人でいる時間にノートの余白にアニメのイラストめいたものを描き、そのあまりの下手《へた》さに愕然として、あーっと叫びながら破り捨てるなどということもしばしばあった。

ある日、クラスのイラスト部の女の子が、「バイト代を貯めてようやくほしかった液タブを買った」と話しているのが耳に入った。液晶タブレットというデジタルでイラストを描けるPCのことだと知り、それを探しに次の日曜に、一軍の仲間に会わないように少し離れた街の家電量販店へ足を運んだ。高かったが、迷ったらもう二度とイラストの世界に足を踏み入れることはないだろうと自分を鼓舞し、それを買い求めた。

その機材の使い方が丁寧に記載されている参考書も手に入れ、ネットの情報なども駆使し、誰にも内緒で映里はイラストを描くようになった。

クラスの友人向けにやっているのとは別のSNSアカウントを作成し、ネット上でイラストを見せ合っている「絵師」たちのコミュニティを覗《のぞ》きはじめた。気に入ったイラストには賞賛のコメントを送り、技術的なことを質問した。「絵師」の中には、イベントポスターなどの仕事を受注している人がいることも知り、自分もそんなことができたら……と、想像して胸を高鳴らせるようになった。

都会のビル群や大自然などの背景に、アニメ風のキャラクターを配置する。いろいろ試した結果、このスタイルが自分に合っていると思った。これなら勝負できる――高校二年生の終わりに、イラストやデザインを学べる専門学校に進学したいと親に申し出た。

映里の夢は完全に馬鹿にされ、否定された。

「今どき、四年制大学を卒業していないやつが世間で相手にされるものか」

父親は蔑むように言った。

「イラストで食っていくなんて、できるわけがないし、できたとしても、まともな社会人とは言えない。夢みたいなことを言っていないで、普通に大学を卒業して少しでもいい企業に就職をしろ」

学校では一軍に所属している映里だが、家では抵抗する術《すべ》を知らなかった。東京の大学を希望するとそれはすんなり受け入れられ、合格後、上京して一人暮らしをすることになった。

高校の友だちとは連絡を絶ち、やりとりをしていたSNSアカウントも削除した。大学では必要以上に友人を作るのは避けた。話しかけられれば笑顔で返すし、同じ授業を取っている子たちと食事ぐらいには行くが、遊びの誘いは極力断った。

趣味のイラストに没頭する時間が欲しかった。どうせ就職して社会人になったらイラストを描くことなどできなくなってしまうだろう。今だけ、思い切りやりたい――その思いで、新しく作り直したSNSアカウントに毎日二作品ずつアップすることを目標にした。

閲覧数はすべて二十前後。それでもよかった。

はじめて二か月くらいして、『渇望』という作品にコメントがついた。「わさびまき」というハンドルネームで、この絵が好きなこと、自分もいつかイラストを発信したいことなどが書かれていた。

お礼はずいぶん簡単になってしまったけれど、見てくれている人がいることで頑張ろうという気になった。

同時に映里は、アルバイトを探していた。コンビニやファストファッション、パチンコ屋の店員など、いくつか渡り歩いたあとで落ち着いたのが、《デリンコントロ》というピッツェリアだ。テーブルが六つ、メニューもピザ以外はサラダと軽いおつまみぐらいの、けして大きくはない個人経営の店だけど、厨房には本格的なピザ窯があってオーナーにはこだわりがあるようだった。アパートから自転車圏内だが、小高い森のようなところにあって、大学の知り合いが来なそうなところが気に入ったのだ。

そして映里は、このピッツェリアでの仕事の初日に出会ってしまった。紅野仁志という男性に。北村オーナー以外では唯一の正規雇用者。バツイチで、奥さんに引き取られた小学生の娘に、一か月に一度会えるのが今の一番の楽しみだと聞いた。

初日から、映里は恋に落ちた。

自分でも意外だった。特に優しくされたというようなことはなく、むしろ会話など交わさないうちから心臓が壊れそうなくらいに高鳴った。背は高くなくハンサムでもないが、なんとなく好きな顔立ち。年上で明るくて、笑い声も好きだった。

理由などない。ただ好きだから好きなのだ。

ところがやっかいなことに、映里は子どもの頃から、恋する相手には冷たい態度をとってしまうのだった。好きである度合いが強ければ強いほどそっけなくなるし、話し方もきつくなってしまう。高校時代はそれで本命の相手には怖がられ、一軍の仲間へのポーズのため、なんとも思っていない相手と三人付き合って、ただただ疲れただけだった。

大学生になって友人関係を広げなかった理由のひとつもここにあった。好きな男性ができてもどうせ付き合えず、きっと自分の気持ちをそらすためになんとも思っていない男性と付き合ってしまうと自覚していた。

仮面を脱ぎ捨てたつもりでも全然成長していなかった自分に愕然とした。

アルバイトの仕事上のことなら――「三番テーブル、ドリンク」などそっけない言い方だが――紅野さんと話せる。でも、ちょっとプライベートに踏み込んだ質問をされると「いや」とか「そんなことないです」とかぶっきらぼうになり、酷《ひど》いときは何も答えず無視したような形になってしまう。それでも紅野さんは映里に積極的に話しかけてくれ、あるときなどケチャップを指に付けてしまって、ティッシュを持っていないかと訊いてきた。何も言わずにポケットティッシュを渡したら、次のシフトのとき、ロッカーに下げられた映里のユニフォームのポケットに「ティッシュありがとう。新しいのを置いておきます。」というメモ書きとともに、真新しいティッシュが入っていた。

恥ずかしくて衝動的に丸めてしまったけれど、すぐに開いて、今でも大事に手帳のポケットに入れてある。

紅野さんの役に立ちたい。そのためにはイタリア料理の知識をもっと頭に入れたほうがいい。そう思って、北村オーナーがチーズ好きだということから『チーズ事典』を買って読んでみた。チーズの奥深さはそれなりに知ることができたし、イラストの役にも立ったけれど、当初の目的は全然果たせておらず、むしろ空回りしているようでまた情けなくなる。

紅野さんと素直に話せたらどんなに楽しいだろう……そんな気持ちとは裏腹に、それからすぐにさらに印象を悪くしてしまうことが起きた。

仕事が終わって帰ろうとしたところで紅野さんに呼び止められた。税務署に提出する書類に住所を記載してほしいということだった。どぎまぎしながらバッグからペンケースを取り出そうとし、クロッキー帳を落としてしまったのだ。

思いついたイラストの構図などを描き溜めているものだった。落ちた拍子にページがめくれ、そのうちの一枚が露《あら》わになった。

「すごいねこれ、八木沼さんが描いたの？」

紅野さんはそれを拾い、目を見張った。

「もっと見たいな。いいかな」

嘘偽りのない発言だったはずだ。だが――、

「やめてください！」

映里は拒絶し、クロッキー帳を紅野さんの手から奪った。

「他の人には、内緒にしておいてください」

イラストのことは、映里のもっとも知られたくない秘密だ。だからもちろん、紅野さん以外の従業員に内緒にしておいてほしいのは事実だ。だがそれ以上に、映里は混乱した。

もっと見たいな。いいかな――紅野さんの声が、その日帰宅してからもずっと耳から離れなかった。

紅野さんになら別に見せても構わない。むしろ見てほしい。そういう気持ちに気づくたび、そんなことできるわけがないと否定する自分がいた。

端的に言えば、自信がなかった。

上手だね、すごいねと言われても、自分は何者でもない。

好きな人にイラストを褒められても、笑顔の一つも返せない。

私は、ものすごく小さくて、ものすごく惨《みじ》めな存在なんだ――。

その日、映里はSNSにイラストをアップする日課をサボった。

初めまして。いつもエリライムさんの作品を楽しみにしている者です。

そういうコメントが書き込まれているのに気づいたのは、翌朝のことだった。「ジェミニ」というハンドルネームで、もちろん性別も年齢もわからない。

毎日毎日、可愛くて独創的なイラストに癒され、元気をもらっています。もっと多くの人に見てもらえたらいいのに。そう思っています。昨日はアップされなかったので心配になって、勇気をだしてコメントさせていただきました。またあなたの作品が見られることを心待ちにしております。

嬉しかったので、映里はダイレクトメッセージで返事を送った。

するとジェミニから毎日のように熱烈な褒め言葉のコメントが届くようになった。二週間ほどやりとりが続いた後、ジェミニはこんなことを書いてきた。

イラスト集を作るのに興味はありませんか。直接会って、お話をしたいのですが。

指定された喫茶店に現れたのは、三十代後半の男だった。クラシックコンサートに着ていくような高そうなジャケットを羽織り、やせて背が高い。細くとがった鼻の顔立ちが、子どもの頃に絵本で見たコンドルに似ていると映里は思った。

「ようやく会えましたね」

彼は笑い、名刺を差し出した。『ジェミニ企画　土呂和久則』と書かれていた。

「『とろわ・ひさのり』と読みます。珍しい名字でしょう。私の親戚以外で聞いたことはない」

そして彼はバッグの中から二冊のイラスト集を出した。二冊とも、知らないイラストレーターの作品で、一冊はパステルカラーを中心とした女性っぽい画風、もう一つはロボットアニメのような画風だった。

「私どもは、ネット上で作品を発表している絵師さんたちを出版社に紹介して世に送り出す、プロデュース業をしております。今までに共同で本を作らせていただいた方は七十人以上になります」

「そんなに？」

「はい。私どもは出版社に太いパイプがあって、デビュー後もしっかりお仕事のあっせんをさせてもらっているんですよ。初めのうちは数パーセントのマネジメント料をいただきますが、独立できる力が付けばあとは自由にお仕事をしていただいて結構というスタンスです。この二人はうちからデビューして、今は立派にプロとしてやっています」

それとなく背表紙をチェックすると、二冊とも有名な出版社から刊行されたものだった。

「今回、ぜひ八木沼様にもうちからイラスト集を出させていただけないかと思っています。あれだけクオリティの高い作品を毎日アップされるのは大変でしょう」

「はい」笑顔で映里は答えた。印象が大事だと思ったからだった。「でも、決めたことですから」

「すばらしい。すでにプロ意識がうかがえます。八木沼様ならすぐにたくさんお仕事が取れるに違いありません」

そんなに甘いものだろうかと、疑う気持ちはもちろんあった。だが「プロ意識」という言葉に心を刺激された。プロになれる。もしなれたら、父親も認めてくれるかもしれない。それより――今度は素直に、紅野さんに絵を見せられるかもしれない。

「どうですか、イラスト集、出しませんか」

「はい」

その日は四作品をアップした。

土呂和から再び連絡があったのは三日後のことだった。誰でも知っている大手の出版社の名をあげ、「先方も八木沼様のイラストをとても気に入ってくださいました。よくこんな才能を見つけてきてくれたと褒められてしまいましたよ」と興奮口調でまくしたてた。

「ですが、一つだけ報告が」

土呂和の声のトーンが落ちた。

「八木沼様の実力なら今すぐにでも企画を進めたいのですが、この出版不況で新人のイラスト集を売り出すのはかなり厳しく、製作費と宣伝費の一部を負担するのが条件だと言われてしまいまして」

「お金がかかるんですか？」

「はい。二百万円ほど」

目の前が暗くなった。

「そんなに払えないです」

「ああ、勘違いなさらないでください。二百万すべて八木沼様にご負担いただこうというわけじゃありません。半分は当社が負担します」

それでも百万円。映里に出せる額ではない。

「無理です……」惨めさの波が心の中に寄せてきた。

「ご両親にご相談など、いかがでしょう」

「父も母も、私がイラストを描くのには反対なんです」

「そうでしたか。どうでしょう。それでしたらたとえば……六十万円ぐらいでしたら？」

「厳しいです」

土呂和は困ったように唸り、「わかりました」と力強く言った。

「もう一度先方と交渉してみましょう。私としては八木沼様の才能を埋もれさせておくのは忍びないのです。あなたの絵を待っている人が、世の中にはもっともっといます。イラスト集になったら喜んでくれる方が、そばにいらっしゃるでしょう？」

もっと見たいな。――紅野さんの声が聞こえた。

「はい、お願いします」

その後、毎日のように土呂和と連絡を取り合うようになり、一週間後、映里が三十万円を負担するということで話がついた。アルバイトでそれくらいのお金は貯まっていたし、初めに提示された二百万円から考えればだいぶ安いものだった。映里は口座から現金を下ろし、前に土呂和と会った喫茶店へ持っていった。

「たしかに」

金を数えると、土呂和はうなずいた。

「大金をお持ちいただき申し訳ありませんでした。向こうの編集者も宣伝費を安くしたのは上に内緒だそうで、銀行振り込みにするとどうしても記録が残ってしまいますので」

そういうこともあるのだろうと、映里は納得していた。

「大丈夫ですよ。八木沼様の実力なら、これくらいのお金、すぐに稼げます」

「本当でしょうか」

「ええ」土呂和は周囲をきょろきょろするしぐさを見せると、顔を近づけてきた。「これは本人にはまだ言うなと言われていたのですが、イラスト集刊行後、すぐにでもやってほしい仕事があるそうです。小説のカバーイラストなんですが、興味ありますか?」

自分のイラストが描かれた本が、書店に並ぶ。夢のようだった。

「はい」

「よかった。そのときには小説をしっかり読んで、イメージを膨らませて、先方と打ち合わせをして……といろいろありますが、まあ、まずはイラスト集をしっかり仕上げることが大事です」

「よろしくお願いします」

二人で店を出た。

「では、また連絡を差し上げます。忙しくなりますよ」

土呂和はそう言って笑い、映里とは逆のほうへ去っていった。

それが、土呂和と会った最後だった。

二週間が経っても、土呂和からの連絡はなかった。名刺にあった電話番号にかけても誰も出ず、SNSの過去のコメントに返事を出す形で問い合わせても反応はなかった。

焦り、映里はネットで調べてみた。

出版プロデュース業を自称する詐欺——そういうタイトルの記事がすぐに引っかかった。

ネット上で小説やイラストを発表している人に、プロデュース業を名乗ってコンタクトを取る。「大手出版社に売り込みたい」と気持ちをあおる。承諾すると後日、「製作費や宣伝費がかかる」と言ってくる。

土呂和がやってきた行為そのものだった。体中の血液がすべてなくなってしまったようにぼんやりしながら、映里はディスプレイの文字を追った。

かかるお金は初め、数百万円などかなりの高額を提示してくるが、何割かはうちが持つなどと恩着せがましく言い、さらに「先方と交渉します」などと何日かあけて少しずつ安くしてくることもある。初めに提示された額よりだいぶ安くなったと錯覚して、数十万の金を出させる典型的な詐欺の手口である——。

なぜもっと早く詐欺に思い至らなかったのか。考えてみれば、虫がよすぎる話だった。舞い上がりすぎていたのだろう。あの土呂和という男の素性について、何も知らないのに……。

映里は、土呂和久則という名を検索してみた。

一件も、引っかからなかった。

もし土呂和が詐欺師なら、同じ手口で他にも引っかかっている人間がいるに違いない。引っかかった人間は、「この男には気をつけろ」と土呂和の名前をSNSなどに書くのではないか。

土呂和の名がネット上にないということは……彼はやはり、本当のプロデューサーなのでは？　すがりたいだけだと、もう一人の自分が言う。でも、本物だったら疑うのは悪い。とにかく、信じることしかできないのだ。

ビラのイラストを描いてくれない？　と秋山さんに依頼されたのはそんな葛藤を抱えていた三日前のことだった。彼女には以前、クロッキー帳を見られていた。紅野さんに見られたときほど戸惑いはなかった。

とにかく信じることに決めたのだから、〝仕事〟なら断れない。映里は秋山さんの依頼を引き受け、一日で仕上げた。喜んでもらえたのは嬉しかったけれど、また不安で胸がざわめいた。

＊

《デリンコントロ》に着き、物置の陰のスペースに自転車を停める。紅野さんの自転車があった。ドアの前で一度深呼吸をして、不安を押し込めた。

「おはようございます」

挨拶をしながら入っていく。紅野さんが、ホールにいた。

困ったようなその視線。やっぱり好きだ、と思った。衝動的に、抱きしめてもらいたくなった。大丈夫だよと言ってほしくなった。だけど、そんなことを頼めるわけはなかった。涙が出そうになる。

「お、映里ちゃん、おはよう」「おはよう」

厨房から顔をのぞかせる北村オーナーや宮田さんの挨拶を、無視する形になってしまった。今の顔を見られたくない。とにかくいったん、あの狭いロッカールームで、一人になりたい。紅野さんの脇を、通りぬけた。

「八木沼さん、おはよう」

紅野さんはやっぱり、声をかけてくれた。こんなに冷たい態度を取っているのに。

紅野さんの顔を見た。きっと怖い目になっていたのだろう。紅野さんの笑顔が引きつっている。やっぱり一度、ロッカールームに逃げよう。

ドアの札を裏返して「使用中」にし、ロッカールームの中へ。スライド式の錠をかけてバッグをロッカーに入れる。服を脱ぎ、「八木沼」と書かれたハンガーにかかっているユニフォームに身を包む。

これで、大丈夫。仕事モードだ。

ドアがノックされた。

「はい」

返事をしながら開くと、紅野さんだった。

「ごめんね八木沼さん。ドリンクの準備を手伝ってほしくって」

「わかってますけど!」

またきつい言い方になってしまう。

「それから、今晩、俺、店長代理だから。慣れなくて不安だけど、よろしく」

それもわかっている。店のトップとしてふるまう紅野さんの雄姿が見られると、ずっと楽しみにしてきたのだから。

＊

ランチ営業が開始した。十二時を過ぎると、お客さんもだいぶ入ってくる。

「いらっしゃいませ」

接客の笑顔には自信がある。

「今日も可愛いわねえ」

いつも旦那さんと来店する六番テーブルのおばあさんは、褒めてくれた。いつもと違うなどと、思われるはずはなかった。

オーダーを取り、サラダを出し、食事がすんだ食器を片付け……、土呂和のことを考えまいという気持ちと、紅野さんと目を合わせないようにしようと気を張っていたため、いつもよりむしろてきぱきと動いている印象を与えているかもしれない。

それでいい。アルバイトに張り切っている女子大生。それに徹しよう。

午後一時三十分を過ぎた頃だった。

「ねえ、ちょっと」

険のある女性の声がした。五番席、ＯＬふうの女性二人組の一人が、紅野さんを呼び留めた。

「これシーザーサラダよね？　私、イタリアンサラダを頼んだんだけど」

紅野さんはぺこぺこと謝り、出したばかりのシーザーサラダをテーブルから取り上げた。ちらりと映里を見る視線。オーダーを取ったのは映里だった。のみならず、その女性がイタリアンサラダと言ったのを覚えている。だとしたら伝票に書き間違えたか……。

紅野さんはシーザーサラダをフードカウンターに戻し、並んでいる伝票を確認している。映里が近づいていくと、「これ、『C』だよね?」と訊いてきた。

間違いない。サラダの欄には映里の書いた『C』の文字がある。間違えた。これは、シーザーサラダの『C』だ。

「ちょっと曲がっているけど『I』です」

それなのに、映里はそう言った。

「えー、そうなの? 『C』に見えるけどなあ」

「自分のミスを、人になすりつけないでください!」

叫んでしまった。驚きと恐怖と悲しみの交じった、紅野さんの顔。もういやだ。泣きそうだ。なんで私はこうなのか。

「……もういいです。私がやります」

宮田さんが出したイタリアンサラダを取り、OLたちのテーブルに持っていく。その二人も、他の客も、驚いた眼《め》で映里を見つめていた。

「大変、失礼いたしました。ごゆっくりどうぞ」

粘土で作ったような笑顔を顔に貼り付け、映里はサラダを置いた。

＊

ランチタイムは二時に終わる。最後の客が出ていくのはだいたい二時十五分くらいだ。その後、従業員のまかないの時間になる。

案の定というか、紅野さんは「俺は後にします」と疲れ切った声で北村オーナーに告げ、店を出て行った。裏にタバコを吸いに行くのを、映里は知っていた。

一緒に外に出ていくわけにもいかず、北村オーナーの出してくれたオルトラーナを食べる。パプリカやナスなど野菜がふんだんに載ったこのピザは映里のお気に入りだったが、胸が塞《ふさ》がっていつものように食べることができなかった。ひとかじりしてはアイスコーヒーを飲み、というように食べていたら、

「ちょっと、空き瓶捨ててきますねぇ」

食べ終わった宮田さんが外へ出て行った。

元気な感じの二十五歳の女性だ。調理師学校を卒業したあとでレストランに勤めていたけれど、どういうわけか昨年からこの店でアルバイトとして働いている。料理の手際はいいし、いつもにこにこしていて可愛らしいけれど、どこかつかめないところがあるというのが映里の印象だった。

紅野さんとは仲がよく、談笑しているのをよく見かける。羨望や嫉妬に似た感情が心に浮かぶこともある。でも二人がくっつくことはないだろうと思っていた。宮田さんに彼氏がいることを知っているからだ。

以前、閉店後の片づけが終わって、帰ろうと駐輪スペースへやってきたら、調理服のままの宮田さんが電話で話しているのに出くわした。相手は明らかに男で、痴話喧嘩めいた雰囲気だった。映里を見ると宮田さんは「じゃあ、またあとでね」と電話を切り、ごまかすようにえへへと笑った。

「彼氏ですか?」

「うん。まあ。普段はなかなか、会えない人なんだけど」

紅野さんじゃないことがわかって、ほっとしたものだった。遠距離恋愛でもしてるんですかと訊こうとしたら、

「お疲れさまー」

一方的に笑顔で告げて、宮田さんは店の中に戻っていった。

恋する女の顔だった、と映里は思う。紅野さんとどんなに仲良く話していてもあの顔は見せない。二人はよき仕事仲間、という感じだ。

「どうしたの、映里ちゃん」

とりとめもなく紅野さんと宮田さんについて考えていたら、北村オーナーが声をかけてきた。

「心配事？　それとも、まずかった？」

「いいえ、大丈夫です」そう言ってひとかじりしたが、おいしいですの一言が言えなかった。

＊

三時半を過ぎ、厨房ではディナーの仕込みが始まった。映里と紅野さんの二人は厨房関係のことはできないのでホールの掃除や、お酒のチェックなどをするだけだ。それが終わると暇になる。

クワトロ・フォルマッジのことを言い出したのは何がきっかけだったかわからない。ただなんとなく、ハチミツをかけることからスイーツっぽいと認識していたことを言ったら、意外と熱を帯びた議論になってしまった。

「食事でしょ」紅野さんがそう言ったときには、心に穴が空いたような気がした。

「今日のデザートはこれですと言われて、クワトロ・フォルマッジを出されたら、『えー』って言う

と思わないか」

デザートじゃなくてスイーツと言っているのに。苛立《いらだ》ちを隠そうとして、舌打ちをしてしまった。

クワトロ・フォルマッジの話題をきっかけとして北村オーナーは《デリンコントロ》を開いた理由を語りはじめた。私はペコリーノ・ロマーノか、と『チーズ事典』の内容を思い出しながら聞いていると、スマホが震えた。

知らない番号だった。

「もしもし」

〈八木沼映里さんですか〉

「そうですけど」

〈私、明談社《めいだんしゃ》という出版社で編集をしている沖野《おきの》という者ですが、今、ちょっとよろしいでしょうか〉

「えっ？」

土呂和が見せてきたイラスト集を出した出版社だった。

「ちょっ、ちょっと待ってください。……オーナー、外で電話してきます」

外へ出て、再びスマホを耳に当てる。

「すみません、大丈夫です」

〈突然申し訳ございません。ジェミニ企画の土呂和さんからお話をいただきました。単刀直入に申し上げまして、当社は八木沼さんのイラストを大変高く評価し、作品として世に出したいと思っております〉

「ありがとうございます」

心臓が高鳴った。やはり土呂和は本物だった。

〈ところでジェミニ企画さんのお話は聞いていますか?〉

「はい? よくわかりませんが」

〈そうですか。ちょっと社内でごたごたがあったようで、土呂和さんが動けなくなったようです。八木沼さんに連絡を差し上げることができず、気にしていらっしゃいました〉

「ああ、そういうことだったんですか」

〈これからは私が直接お話を差し上げたいと思います。すぐにでもお会いしてお話をしたいと思い、実は八木沼さんの大学の近くまで来ております。《ゲイン》という喫茶店はわかりますか〉

「わかりますが、今日は夕方からアルバイトなんです」

〈どうしてもダメですか。ほんっとうに少しだけなんですが〉

口調からして、ほんの三十分から一時間程度という感じだった。これを逃せば、またイラスト集の話が遠のいていく気がした。

「わかりました。今から行きます」

〈ありがとうございます。お待ちしております〉

店に飛び込み、厨房の中にいる北村オーナーに声をかけた。

「ごめんなさい。私、ちょっと出てきます」

「今夜の店長は俺じゃないぜ」

しかたない。

「いいですか?」

紅野さんに訊くと、戸惑ったような顔をしていた。

「……いいけど、どれくらい？」

「六時までには戻ります」

ロッカールームに入ってコートとバッグを取ってきた。

《ゲイン》までは、自転車で二十分程度だった。

「八木沼映里さんですね」

自転車を停めていると、黒いコートを着た背の低い男の人が話しかけてきた。四十代だろう。目が小さく、いかにも人畜無害といった感じだった。

「はい。そうです」

「先ほど電話した沖野です。申し訳ございません。こちらでお話をと思ったのですが、先ほど上司が会いたいと申しまして。企画の説明もしっかりしたいので、弊社のサテライトルームへご案内したいと思います」

サテライトルームというのが何を意味するのか、よくわからなかった。そんなことより、

「すみませんが、私、六時から……」

「アルバイトですよね。承知しております。サテライトルームはここからそう遠くありません。六時にはタクシーでお送りします」

「でも、自転車が……」

沖野は「あー」と頭に手をやったが、

「タクシーにのせて、自転車も運びましょう」

と提案した。三分もしないうちに大きいタクシーがやってきて、沖野は運転手に言って本当に映里の自転車をタクシーに積ませた。十分ほど走り、沖野とともに知らない街の雑居ビルの前で降りた。

自転車は向かいのガードレールの前に停めておくようにと沖野は言った。ビルの中は綺麗《きれい》だったが、明談社だけのものではないようだった。

「当社、各所にこういった打ち合わせ用の部屋を持っているんですよ」

小さな目をぱちぱちとさせ、沖野は微笑んだ。

エレベーターで五階へ上がると、ドアが三つあった。奥にはトイレがあり、その近くに小さな鍵付きロッカーがあった。

「お荷物はこちらにお預けください」

打ち合わせに集中するため、スマートフォンなどは部屋に入る前にすべて預けることになっているのだという。映里は言われたとおりにした。

沖野はドアをノックし、「失礼します」と断って入った。六畳くらいの部屋で、正面が窓だった。デスクがあり、その向こうに座っていた五十代くらいのスーツ姿の男性が立ち上がって笑顔になる。

「八木沼映里さんです」

「初めまして、明談社の穂村《ほむら》といいます。どうぞお座りになってください」

デスクの上に、プリントアウトされた何枚かのイラストがあることに映里は気づいた。全部、映里がSNS上にアップしたものだった。

「いやあ、どれもこれも素晴らしいですね。これまで商業作品を手掛けていないというのが信じられません。これなんて特に好きです。いったいどういう発想で描かれたのですか?」

ビルからビルへジャンプする男の子。その背後にグランドキャニオンのような岩山。気に入っている一枚で、映里は嬉しくなって説明した。

穂村は他にも映里の作品について質問をしてきた。映里の答えに大きくうなずいたり、感心したそぶりをみせたり、驚いたりした。沖野のほうは作品については何も聞かず、部屋の隅のポットから注いだコーヒーを映里の前に出すなどサポートに回っていた。

褒められ続けて、映里はすっかり時間の感覚を失っていたことに気づいた。

「あの、私、そろそろアルバイトに……」

「ああ失礼。それではいよいよ、本題に入りたいと思います」

まだ本題ではなかったのだ。穂村は気にした様子もなくデスクの下から分厚いファイルを取り出した。

「当社としては、今回こういう流れでイラスト集を出版したいと思います」

映里の前に、「イラスト集出版の流れ」というタイトルと、フローチャートのような図が描かれたコピー用紙が差し出される。ここからの説明の時間が、また長かった。ゲラだの校正だの、聞いたことはあってもよく意味のわからない言葉を交えながら、穂村は図について丁寧に説明した。コーヒーが濃すぎたからか、映里は頭をぼんやりさせながら聞いていた。

穂村の話し方は特徴的だった。やわらかく、優しい口調ながら、どこか質問をさしはさんだりすることを拒むような感じだ。話が途切れることはなかった。

「ここまでのことで、何か質問はございますか？」

その言葉が出るまでどれほどの時間が経っただろうか。

「……特にありません」

疲れ切って、映里は言った。

「承知しました。では次に、販路についての説明です」

と、二枚目のコピー用紙が出てくる。憔悴しきった映里の前に、沖野が新たなコーヒーを置く。

コピー用紙は四枚までであった。

「これで、流れの説明は終わりとなります」

穂村がその言葉を言ったところでほっとした。やっと解放される、という思いだった。ところが、

「それで、先ほどの校正外注費と宣伝協力費についてなのですが、初回に限り、八木沼さんにご負担いただくことになります」

「えっ？」突然のことだった。だが穂村に言わせれば、二枚目と三枚目で説明したということらしかった。

「合わせて六十万円ほどになりますが、高額ですから難しいですよね」

土呂和に渡した金は……などと言い出せる雰囲気でもなかった。

「ご安心ください。当社と提携しておりますローン会社から低金利でご融資が可能です」

ピンとこなかったが、借金ということだった。胸がざわめき出し、悲しみが広がっていく。

「それについてのご説明です」

五枚目のコピー用紙が出てきた。頭がくらくらする。

「すみません」

喉から振り絞るように、映里は言った。

「ちょっと、お手洗いに行ってきていいですか？」

穂村は一瞬眉をひそめたが、「どうぞ」と笑顔になった。沖野が立ち上がり、ドアを開ける。映里が廊下に出ても、見張るように目を光らせている。

「一人で行けます」

勇気を振り絞って言うと、室内から「沖野、失礼だぞ」と穂村の声がした。映里がトイレに足を踏

み入れると同時にドアが閉まる音がした。

とっさに廊下に取って返し、ロッカーの鍵を開ける。バッグとコートを取り出し、エレベーターへ向かってふと背後を振り返った。外階段。エレベーターを待つよりあっちのほうが早い。

ドアに飛びつくと、幸いなことにサムターン錠で内側から開くようになっていた。音を立てないように、外へ出る。

冷蔵庫の中より寒い夜が待ち受けていて、冷静になった。

いくらなんでもわかる。また、お金を騙し取られるところだった。土呂和だって、もう映里の前に姿を現すわけはない。コートの袖に腕を通しながら、五階分の高さを一気に駆け下りた。自転車も一緒だったのはラッキーだった。鍵を外し、サドルに跨《また》がり、走り去った。

どこだかわからなかったが、とにかくビルから離れればなんとかなるはずだと思った。住宅街に入り、細い道をやみくもに走っていたら小さな公園に出た。街灯の下で自転車を停めた。手も頬も、アイスクリームのように冷たくなっていた。

バッグに手を突っ込み、スマートフォンを出す。時刻は21：50。《デリンコントロ》からの着信が七件入っていた。地図アプリを起動させると、家からかなり遠いが自転車で帰れない距離ではないことがわかった。自宅よりも《デリンコントロ》のほうがいくらか近い。

あと十分でフードのラストオーダーだ、と考えた。

紅野さんに迷惑をかけてしまった。紅野さんだけじゃない。北村オーナーにも、宮田さんにも、片山さんにも。

辞めよう、とふと思った。

叶《かな》いもしない夢に付け込まれ、一度ならず二度も騙され、アルバイトをすっぽかすような人間は、働いてはいけない。

そう思うと、紅野さんの顔がちらついた。

このまま帰宅して《デリンコントロ》から逃げたら、二度とあの人に会えない。二度とあの人の声を聞けない。

ぶるると、手の中のスマートフォンが震えて、自転車ごと倒れそうになる。知らない番号だった。沖野だと瞬時に思った。映里が逃げたのに気づいたに違いない。電源ボタンを長押しした。画面が暗くなる。これでひとまず、あいつらと通じることはなくなった。スマートフォンをバッグにしまい――、違和感に気づいた。

バッグの中を引っ掻き回す。……ない。

いつも持ち歩いているクロッキー帳がなかった。あのビルのロッカーの中だろうか。違う。タクシーの中……思い返してみたら、《デリンコントロ》を出たときからなかったような気すらする。だとしたら、《デリンコントロ》のロッカールームだ。ありうる。

「……取りに行こう」

声に出した。

クロッキー帳は口実かもしれなかった。とにかく、このまま辞めるにしても、紅野さんには謝ろう。今夜のことも、今までのことも。

そうしなければ、この最悪の一日は終わらない気がした。ずっと、情けなくて嫌いな自分のまま一生を過ごす気がした。

ハンドルを握り、ペダルを踏みこんだ。

《デリンコントロ》までは三十分くらいかかった。

今日の午後三時半過ぎに出てきたばかりなのに、その建物がひどく懐かしかった。物置の陰に駐輪し、出入り口へ向かう。

窓から店内の様子は見える。出入り口に近いところに立っているのは、小学生くらいの女の子だ。他にお客さんはおらず、なぜかと片山さんが厨房から出てきている。そして——紅野さんの姿は見えない。

ドアノブを握り、一気に開ける。

「すみませんでした！」

一歩入って、勢いよく頭を下げる。

「映里ちゃん……」

宮田さんの声。顔を上げる。一同がこちらを見ていた。小学生の女の子、片山さん、そして、床にひざまずいている紅野さん。紅野さんのそばに、男性が倒れている。白目をむき、口から赤い泡が噴き出ている。上半身はドアのほうを向き、下半身はうつ伏せという体をひねらせたような恰好《かっこう》で、ズボンのお尻のあたりが少しほつれているのがやけに目に付いた。

「えっ？」

映里は思わず駆け寄り、その男の顔をまじまじと見た。

「死んでるみたいなんだ」

紅野さんの声を聞きながら、間違いないと映里は確信していた。

土呂和久則だった。この高そうなジャケットも見たことがある。

「どうして、この人……」

「八木沼さん、誰だか知ってるの？」

紅野さんが訊いた。

「いえ……」

とっさに目をそらす。混乱していた。なぜ土呂和がこの店に？　そしてどうして、死んでいるのか。

「と、とにかく警察を！」

紅野さんが立ち上がった。そのとき、

「いや、やめましょう」

紅野さんが声の主のほうに視線を向ける。つられてそっちを見た。

「宮田さん、今、なんて？」

「やめましょうよ、警察は」

やけに落ち着いて、彼女は告げた。

片山さんが、ゆっくりと厨房に戻っていった。

3．宮田久美

【モッツァレッラ】

もともとは水牛の乳で作られた、北イタリアのチーズ。カプレーゼにして食べられる生食用は水分が多く、温和な酸味とかすかな甘みがある。表面はつるつるでフレッシュな印象があるが、加熱すると糸を引くように伸び、別の顔を見せる。


十二月十五日、朝七時半。

宮田久美はすでにばっちり身支度をすませ、ローテーブルの前に正座している。スタンドに載せたスマートフォンに人差し指を伸ばし、ビデオ通話アプリのボタンをタップした。

しばらく呼び出し音が鳴ったあとで、

〈……はい〉

相手が出た。

「おはよーございまーす」

久美はわざと天真爛漫《らんまん》に聞こえるような大声で挨拶をした。

〈ああ……おはよ……おはよう〉

画面が揺れている。ベッドの中でもぞもぞしているであろう高彦《たかひこ》を想像して、胸の中がうずいた。

「奥さんはもう、仕事ですかー？」

〈ん……ん。ああ……何時だ？〉

「七時半ですよ。いつもどおり」

〈ああそうか。子どもがまだいる〉

小学校四年生になる娘さんは身支度も全部自分でして勝手に学校へ行くと前に言っていた。遅く起きる高彦は、朝食の片づけや部屋の掃除などをしてから店に出てくるのだとも。

「今日からスキーですよね」

〈ああ〉

「会えなくなるの、寂しいですよ」

くぐもった笑い声が聞こえた。

〈何を。たった二日のことだ。そのあとはすぐにまた、出勤だよ。店を持っていると、長い休みが取

れない〉

「長い休みなんか取れたら、私のことなんか無視しちゃうでしょ」

ふくれっ面をして見せると、高彦は困ったような表情になった。男の人のこういう顔が、久美はたまらなく好きだった。

「次、いつ会ってくれますか？」

〈今日、店で会う〉

「そういうことじゃなくて……」

〈わかってるさ〉

「火曜日はどうですか？」

〈妻と予定がある〉

「それ、やめて私と過ごしましょうよ」

〈だめだよ〉

まだか、と久美は思う。まだ、奥さんのほうが上だ。奥さんとの予定をキャンセルして自分と会ってくれないと、高彦の一番になったことにはならない。

勝ったことには、ならない。

ぼさぼさの頭を掻き、高彦はだるそうに首を回した。背後の壁に、サーフィンをしている男性の絵が見えた。

「後ろの絵、初めて見ますね。有名な人のですか？」

〈ん？　これか？　むかし、俺が描いたものだ。昨日スキーの用意をしていたら見つけたから、久しぶりに飾ってみたんだ〉

「えー。すごい。よく見せてくださいよ」

画面には絵が大きく映し出される。サーファーの筋肉の動きや波のしぶきの一粒一粒までが細かく表現されていて、躍動感のある絵だった。

「絵の具で描いたんですか？」

〈ああ、まあな。そのあとちょっとパソコンで処理して〉

「本格的。プロみたいじゃないですか」

〈よせよ。プロなんてのはほんの一握り。敗れた夢の残骸さ〉

気になる言い方、と思っていたら、高彦は絵を隠すように、画面いっぱいに自分の顔を映した。

〈スキーから帰ってきたら、こっちから連絡するよ〉

「お店で言ってくれてもいいですよ」

〈勘弁してくれ。言えるわけ、ないだろ〉

つっけんどんな言い方だが久美にはわかる。高彦は別れたがっているわけではない。奥さんにもばれていない。まだ、関係は続けられるだろう。

〈……おお、今行くー！……久美、すまない。娘が呼んでいる。切るぞ〉

「じゃあ、ちゅーしてください」

唇を突き出すしぐさをする。高彦はやれやれといった顔で、唇を突き出した。

〈じゃあな〉

「はーい」

切ろうとしたところで、

〈待った！〉

高彦のほうから止めてきた。

「どうしたんです？」

〈久美。くれぐれも、俺の留守中、〝あれ〟だけは頼むな〉

高彦は画面の向こうで鼻をつまむしぐさをした。

「任せといてください。私も好きだし、見つからないようにします」

パパー、という女の子の声が画面の向こうから聞こえ、通話は切れた。

時計を見る。出勤の十時まではまだ二時間以上もある。健康と体形維持のために、少し歩きながら行こうかな、と荷物を準備しはじめて、ふとベッドの足元に置きっぱなしにしてあったオレンジ色のビニール袋が目に留まった。

「あーそうそう。これ、紅野さんにあげようと思ってたんだった」

昨日、ショッピングモールで手に入れたすしラビットのフィギュアたちを取り出した。

「紅野さんなー」

赤貝が頭にのったウサギのフィギュアを顔の前に掲げ、久美はつぶやいた。高彦の経営するピッツェリア《デリンコントロ》に勤める、十一歳年上の男性だった。どんなにしっかり剃《そ》っても剃り跡の残る顔とか、人生に自信を失った哀愁感など、久美の「ターゲット」になるだけの条件はそろっている。高彦との関係がダメになったときの候補に挙がっていないわけではなかった。

「でも、惜しいんだよなー」

そう、惜しいのだ。なぜなら紅野さんは、バツイチ独身だから。

＊

初めて妻のある男性と付き合ったのは、十七歳のときだった。

都内の普通の公立高校に通っていた久美は、部活もせず、大した趣味もない、普通の地味な高校生だった。見た目に自信があったわけではないが、一年生の夏に同じクラスの男子に告白され、交際を開始し、それなりの経験を経て、年明けには別れた。彼も「それなりの経験」が欲しかっただけなのだと後になって思った。

その後、相変わらず無味乾燥な学校生活を送っていたが、二年生の夏休みが終わってすぐ、
隣のクラスの美里《みさと》という子に誘われた。

「一緒に遊ばない？」

久美の両親はその頃、関係が冷え切っていて、ただ離婚に踏み切るだけの勇気がお互いにない状態で、まったく会話のない静かな家になっていた。日々、面白いことなど何もなく、そもそも「面白い」というのがどういうことなのかすら、久美は忘れそうなくらいだった。

だから、不良の美里がキラキラと輝いて見えた。自分もこうなれるだろうか。ついていったのはそういう思いからだった。

初めは普通の高校生のような遊びだった。カラオケに行き、ファミレスでああでもないこうでもないとしゃべる。そのうち、夜の十一時をすぎても帰宅せず、大通り沿いのコンビニの前でしゃべるようになった。するとときどき、二十代前半とおぼしき男性グループが「遊ばない？」と話しかけてきた。

久美は怖かったのでいつも断り、男がしつこいと、美里は「この子はそういうんじゃないから」とかばって、自分だけ男たちについていったものだった。

そんなことを繰り返していたある日、いつものようにコンビニの前でしゃべっていたら、突然、二人組の警察官がやってきた。

「君たち、何やっているの」

「久美、逃げるよ！」

美里は走っていくが、久美は足がすくんでしまった。一人が美里を追っていき、

「ちょっと、一緒に来てくれるかい？」

残った一人が腰をかがめ、久美と同じ目線になって優しく言った。

久美が連れていかれたのは、コンビニから二百メートルほど離れた交番だった。そのときになって初めて知ったことだが、美里はその交番の警察官たちのパトロールの時間を把握しており、警察官が通る時間にはコンビニの前にいるのを避けていたのだった。そういえば、美里が脈絡なくちょっと公園で水を飲もうとか、トイレを借りようとか連れまわしていたことがあったのを久美は思い出していた。

「コンビニの店員から通報があってね、本来パトロールしない時間を狙って行ったんだ」

中村《なかむら》と名乗ったその警察官は言った。

「とにかくもう、あんな時間にコンビニの前で話し込んだりしないこと。危ないやつもたくさんいるんだから」

はい、と答えた。母親がくたびれ切った顔で交番に迎えに来た。次の日から美里に誘われることもなくなり、久美のちょっとした冒険は終わった——はずだった。

三日後、中村から電話があった。

「その後どうなったか、会って話して確認したい」

署のほうに報告書を出さなきゃいけないから、と中村は言った。待ち合わせ場所が喫茶店なのが少し気になったけれど、何も知らなかった久美は疑うこともなく出向いた。

中村は、私服だった。

一緒にいた女の子はその後どうか、家族とはうまくいっているか……そんな質問に適当に答えていたら、突然中村は黙りこくった。

「どうしたんですか。元気なさそうですけど」

久美が心配して声をかけると、中村は顔を上げ、堰《せき》を切ったように話しはじめた。

「君みたいな女の子に言うのも気が引けるんだが、俺、最近、自信がなくてな……」

要するに、奥さんとうまくいっていないという話だった。

奥さんは警察の偉い人の娘で、一方的に気に入られ、昇進にもいい影響があるだろうと上司にも言われたので結婚したらしい。だけど性格がきつく、束縛ぐせがある。口答えでもしようものなら嵐のように激高して手が付けられない。家庭に安息などまるでない。

しゃべり終えた中村の顔はげっそりしていた。

「本当は今日は、君にこの話を聞いてほしかったんだ」

「どうしてですか?」久美は驚いて訊いた。

「君といると……落ち着く気がするんだよ」

先日の補導のあと、交番で話をしていたときにそこはかとない安心感を覚えたのだと中村は言った。

自分に誰かを落ち着かせる力があるなんて思ったことがなかったので戸惑ったが、中村は真剣そうに見えた。

「お願いだから、たまにこうして話を聞いてくれないか」

「ええと、私でいいんでしょうか」

「君がいいんだ。宮田久美という人を、女性として、俺は欲している」

久美は、戸惑いながらもうなずいた。

深い仲になるのに、そう時間はかからなかった。初めは学校からも自宅からも離れた街のレストランなどだったが、周囲の目が気になると中村が言って、ビジネスホテルの部屋になったからだ。

自分でも驚いたことに、中村と付き合い始めてから性格が明るくなった。学校でも友だちが増えたし、授業中の教師の質問に対しても発言するようになった。久美が明るくなったことで両親も会話を取り戻し、地域のボランティアにも参加するようになった。

中村とのデートは悪くなかった。そもそも久美は中学生の頃から同年代の男子になど興味がなく、三十をすぎたくらいの男性が好きなのだった。ホテルのベッドで中村に抱かれているときには、こうして自分にも誰かを元気にすることができるのだと自信を持てた。

でも、こんな関係がいつまでも周囲にばれずに続くはずはなかった。付き合い始めて半年後、中村の妻だと名乗る女の人から電話がかかってきた。住所を告げられ、初めて、中村の住むマンションへ行った。

こぎれいな居間のソファーに中村と奥さんが並んで座っていた。奥さんはあまり綺麗な人ではなく、三十六歳だと中村から聞かされていたけれど、それより十歳は上に見えた。

「うちの人と、もう会わないでもらえます?」

落ち着いた声で、彼女は言った。久美のことをその態度で制圧してやろうという気持ちがありありと見えた。

彼女としては夫と別れるつもりはないということだった。また、このことが表ざたになれば、昇進どころか夫が警察の職を失うことになりかねないし、実家の父の名誉にも傷がつく。だから、すべてなかったことにしてほしい。

「わかりました」

久美の返答があまりに明るく溌剌《はつらつ》としていたので、奥さんは驚いたようだった。それより驚いていたのは中村だろう。久美の顔を見て、目を見開き、口元は悲しみに歪《ゆが》んでいた。

「それでは、失礼します」

ソファーから立ち上がり、玄関を出ていく久美を、夫婦は黙って見送った。

マンションの廊下に出たとき、久美の心の中に込み上げてきたのは、言い知れぬ感情だった。道ならぬ恋をしてしまったことへの自責、中村にもう会えない寂しさ……そんな殊勝な感情は皆無だった。今しがた「なかったことにしてほしい」と久美に頼んだ、あの大人の女性。態度こそ居丈高だったが、要するに自分は彼女に勝ったんだ、という充実感があった。

この先、夫婦の関係が元に戻ることなんてない。中村は私以上に奥さんを愛さないだろう。彼の中での一番は、奥さんではなく、久美だったのだ。

一度はこの人と決めて結婚した男の人の気持ちが、私に傾いていく。これって、なんと素晴らしいことなのだろう。

中村にこだわる必要はなかった。次は別の男の人だ。久美はマッチングアプリに登録したが、年齢をごまかして登録できるアプリで言い寄ってくる男たちはみな独身だった。それじゃあ意味がないのだ。

高校生でできることには限りがあり、久美は悶々《もんもん》とした気持ちのまま卒業を迎え、もともと料理が好きだったこともあって調理師の専門学校に入った。

ターゲットはすぐに見つかった。講師の一人、武田《たけだ》だ。年齢は四十代後半で、先輩の話によれば、奥さんとはものすごく仲が良く、休日に一緒に出歩いているところに遭遇した生徒も何人もいるということだった。

うってつけだ。今度は、中村みたいになし崩し的に奥さんを決めた人ではなく、燃え上がるような恋愛を経て結婚した男の人がいいと思っていた。生涯をこの人と決めた奥さんから一番の座を奪い取る――考えただけでゾクゾクした。

入学以来、久美は明るい性格で通していたが、武田の授業では特に潑剌とふるまうことにした。武田は初めはうるさがっているようだったが、授業が終わった後に久美が質問をしにいって真剣そうに聞いている態度をとると、だんだん久美に対する目が変わってきた。三か月ほどそんなふうにして、ある日、武田が帰るところを待ち伏せして話しかけた。

「先生、お茶でもしませんか」

武田はあっさり応じた。すでに夕方の六時半だったので、お茶という時間でもなく、二人で食事をした。その日はそれだけだったが、同じようなアプローチをかけ続けていたら、ついに武田のほうから誘ってきた。あとは、中村のときと同じような流れだった。

奥さんにばれたのは意外と早かった。というのも、同じクラスの生徒が久美の行動をチェックしていて、武田との逢瀬《おうせ》の場までつけていたのだ。高校の頃よりも他人への関心が強い生徒が多いらしく、全員がスパイのようだというのを、久美はそのとき初めて知った。

武田はある日突然、学校を辞めた。奥さんに従って、学校を変えたのだと人づてに聞き、久美は敗北感を味わった。結局武田の一番は奥さんだった。学校関係の人をターゲットに選ぶといろいろ面倒なことがわかったので、専門学校の二年間は居酒屋に出入りしてナンパしてくる相手やＳＮＳ上で見つけた相手を選び、つごう五人、妻ある男性と付き合った。

久美の中で「勝利」といえる結果になったのはそのうち二人だ。二人とも久美に夢中になり、奥さんとの予定より久美のことを優先するようになった。その後関係を続けてもよかったけれど、勝利したとなったら急にターゲットに興味がなくなってしまい、久美のほうから別れを告げるのだった。

ちょうどそのときある雑誌で「不倫体質の女たち」という記事を読んだ。回答者の中に「私にとって不倫はゲームなんです」と答えている人がいた。妻のいる相手を探し、妻より自分のほうに気持ちを向けさせる。久美とまったく同じ自分の性質を彼女は「ゲーム的不倫体質」と表現していた。

これだ、と久美は思った。妻ある男の気持ちを、妻より自分に向けさせるゲーム。ゲームだから勝敗があり、勝利して飽きたら次の勝負に挑む。私はそういうゲームの参加資格を与えられた、数少ない「プレイヤー」なのだ。

調理師学校を卒業し、大手のレストランチェーンに就職した。配属先は渋谷の店舗で、男性従業員は五十代の店長を含め、みな独身者ばかり。ターゲットを外に求めたが「ゲーム」を意識した瞬間、ターゲットを慎重に選ぶようになってしまった。妻を愛している男性なら誰でもいいわけではなく、最低限の好みの範囲には入っていなければ本気になれないと、贅沢《ぜいたく》になっていた。

なかなか相手が見つからずに時間がすぎるうち、職場ではいたって元気で頼りがいのある料理人という評価を得ており、「勉強会」のリーダーに指名されてしまった。従業員たちが作るサークルのようなもので、料理人という身分を隠して街のイタリアンに食事に行く会だ。他店の味を盗むとまではいかなくとも、刺激を受けて帰ってくれればそれでいいという店長のアイディアだった。

面倒になったとは思いながら、元来仕事熱心なところのある久美はグルメサイトを調査し、《デリンコントロ》というピッツェリアを見つけた。渋谷からは電車で三十分ほどかかるが評価はなかなか高く、従業員たちに訊いたら乗り気だったので、みんなで出かけた。

そして久美は、北村高彦と出会ったのだ。

「いらっしゃいませ」

初めて店を訪れたときに、厨房の中から向けられたその微笑みを見た瞬間、久美はこの人だ、と直感した。その日食べたメニューのことなど何も覚えていない。ただ、この人に奥さんがいますようにと願い続けるばかりだった。

三日後、ランチ営業終了のギリギリをついて《デリンコントロ》を再訪した。

「あれ、こないだの」

高彦は覚えていてくれた。久美の目論見《もくろみ》通り、他に客はいない。

「他のピザも食べたくて、来ちゃいました」

恥ずかしそうに見える表情を作って言うと、彼は明らかに喜んだ。

「こんなにおいしい料理が毎日食べられるなんて、奥さんは幸せですね」

それとなく言うと、ははは、と高彦は笑い、

「妻はピザが大嫌い。そもそもチーズが嫌いなんだ」

「そうなんですかー」と目を丸くしながら、久美は心の中でガッツポーズをする。やった。この人には奥さんがいる。

「でも、奥さんのこと、愛してらっしゃるんですよね」

「え？　ああ、うん、まあな」

相手にとって不足なし。ゲーム、開始だ。

久美はその後も適当な間隔をおいて《デリンコントロ》に足を運び、好きだ、という波動を高彦に送り続けた。高彦もまんざらでもないような態度をとりはじめてきた二か月目、店に二人きりになったタイミングで、切り札としてとっておいた、「実はイタリアンレストランで働いている」という告白をした。

「初めは味を盗んでやるつもりで来たけれど、盗まれたのは、私の心のほうでした」

高彦は少し戸惑ったようだったけれど、

「それは料理に？　それとも、俺に？」

「……両方です」

関係はすぐに始まった。久しぶりのゲームにワクワクした。二人で休みを合わせて逢瀬を重ねる。相手から奥さんの悪口を聞き出し、「奥さんにも言い分はあるんでしょうけど」と前置きをして全面的に彼のほうの味方をする。自慢話と夢の話が始まったら、絶対に否定をしないでうっとりした目で聞いてあげる。これだけで、男は久美に夢中になる。

それでも高彦は妻のほうを優先させていた。言葉の端々に、奥さんへの気持ちが表れていて、久美をやきもきさせた。何か新しい方法を考えなきゃいけない……と思いはじめていた頃、高彦は意外なことを久美に言った。

「なあ、久美、俺の店にこないか？」

「えっ？」

「転職しないかってこと。従業員が足りなくてさ。久美の腕なら即戦力なんだ」

高彦の望みで、ときどきホテルの代わりにキッチン付きのレンタルルームで一緒に料理をするデートをしていた。久美だって調理師学校を卒業しているし、現役で厨房に立っているのでそれなりに手際には自信がある。高彦は久美のその手際にほれ込んだというのだった。

「ええと……いいけど」

意外な展開だったけれど、やってみようと思った。

給料は安くなると高彦は言ったが、そんなのは久美にとってはどうでもよかった。チーズ食べ放題という条件にも惹《ひ》かれた。高彦との時間が長くなれば、奥さんの動向も探りやすくなるだろう。

そんないきさつで、レストランを辞めて《デリンコントロ》に勤めはじめ――そろそろ一年が経つ。店の他のやつらには、くれぐれも俺たちの関係は内緒な。高彦との約束は守り抜いており、今のところ、誰にもばれてはいない。

＊

《デリンコントロ》に着いたのは十時すぎだった。ドアを開き、

「おはようございます！」

元気に言い放つ。ほんの二時間半前、ビデオ通話でぼさぼさの髪だった高彦は、しっかりと身なりを整えていた。

「おはよう、久美ちゃん」

他の従業員がもう出勤していることがわかった。二人きりだったら「久美」と呼び捨てにするはずだった。

何も言わず、ロッカールームへ行く。札が「使用中」になっているので待っていたら、五秒もしな

いうちにドアが開き、紅野さんが出てきた。

「あ、紅野さん。おはようございます」

にこやかな表情を作って挨拶する。

「おはよう、宮田さん」

「寒いですねー。私、断然夏派だから、つらいですよお。そうだ。紅野さん、ちょっといいですか」

紅野さんの腕をつかみ、ロッカールームへと引っ張りこむ。戸惑いの中に嬉しさの感情があるのを久美は見逃さない。久美のほうがだいぶ背が低いので、自然と上目遣いになる。

「こないだお話しした、あの件なんですけど」

「あの件？」

「これですよ」

久美はバッグに手を突っ込み、すしラビットたちをわしづかみにして取り出した。

「あ、すしラビット」

久美が店に勤めはじめるようになって以来、紅野さんとはよく話す仲だ。初めは単なる仕事仲間としか思っていなかったようだが、最近はだいぶ心を開いてくれている。久美のほうからアプローチしたことはないが、三十六歳の少しくたびれた感じは久美の好みだし、一度有名企業に就職しておきながら独立して失敗、という経歴には男という生き物の過酷さ、寂しさが凝縮されていて、大いにときめくのだった。だから、ひょっとしたら久美のほうから「あなたのことを気に入っています」というオーラを出してしまっているのかもしれなかった。

久美のほうからもっと近づけば、付き合えることは確実だ。でも紅野さんはバツイチ独身。ターゲットとしては不適格。だから、よき仕事仲間にしてよき相談相手以上にはならない。

「昨日の休み、ショッピングモールに行ったら、紅野さんが言っていたガチャガチャがあったんで。八回やったんですけど、ワサビ巻きちゃんは出ませんでした。これ、よかったらさやかちゃんに……と思ったんですけど」

全部、本当だった。だが意図的に言っていないことがある。的場太郎《まとばたろう》の存在だ。

調理師学校時代に付き合った五人の男のうちの一人だ。SNSで知り合った当初は五十歳だと言っていたが、実際にはもっと年上だろう。そもそも奥さんに対する気持ちが薄れていてターゲットとして張り合いがなく、十回くらい会ったあとで、連絡を取り合わなくなっていた。一般的にいえば自然消滅、久美的ゲーム用語でいえばドロップアウトだったのだけれど、先週いきなり「本を返してくれないか」とメールがあったのだった。

たしかに付き合っていた頃に話題になった漫画を借りていた。借りっぱなしは気持ち悪いので待ち合わせに応じ、漫画を返すついでにショッピングモールで食事をした。

案の定、もう一度付き合わないかと言われたけれど、他に好きな人ができたんです、もう会いませんと断り、それで食事は終わりだ。そのあと二人でぶらぶら歩いているうちに、ふとすしラビットのガチャガチャが目に留まり、気まずさをごまかす代わりに何度もお金を投入してレバーを回したのだった。

「ありがとう、お金、払うよ」

そんないきさつを知るはずもなく、すしラビットを手にした紅野さんは今、久美の目の前で恥ずかしそうに笑っている。

「あっ。いや、いいんです別に。私も欲しいのあったし。鮒ずしちゃん。それは自分のにしましたから」

「いや、そういうわけにはいかない。八回だと八百円かな？」

「一回三百円なんで、二千四百円です」

昨日、的場はお金を出すよと言ったが、その二千四百円は、自分で出した。これ以上、的場に借りを作りたくなかったのだ。

そもそも久美はお金に執着がなく、デート代だって自分の分は自分で出すし、何ならおごってもいいとすら考えている。財布を出そうと手を伸ばす紅野さんに本当にいいんです、と言おうとしたとき、ドアがノックされた。

「あいてまーす」

返事をすると、片山が顔をのぞかせた。

「紅野さん……、トイレ掃除まだかって、オーナーが……」

わかめのように前髪が額に垂れた、どんよりした男。そうか、今日のもう一人の勤務はこの人か。関西の料理学校出身で、ピザづくりの手際は本当にいいくせにイタリアン嫌いという不思議な人だ。そもそもあまり話をしないし、久美の興味の範疇《はんちゅう》外だ。

「ああ。ごめん。今、やる。じゃあ宮田さん、お金はあとで」

「本当にいいんですって」

行こうとする紅野さんを、「紅野さん」と久美は呼び止めた。

「今夜は頑張ってくださいね、店長代理」

もちろんこれは、よき仕事仲間に対するエールだった。

＊

着替えて、高彦と片山とともにランチ営業の準備をしていると、アルバイトの八木沼映里ちゃんが出勤してきた。

「お、映里ちゃん、おはよう」「おはよう」

高彦や久美の挨拶を無視するように、彼女はロッカールームに向かっていく。不機嫌なようだった。ということは……と思っていたら、

「八木沼さん、おはよう」

紅野さんが戸惑いながら声をかけた。映里ちゃんはその顔をきっ、と睨みつけ、何も言わずに奥へ行った。

「なんか今日は、尖った感じですね」

「ああ、機嫌が悪そうだ」

高彦は苦笑しているが、紅野さんは本気でため息でもつきそうな顔だった。

映里ちゃんが紅野さんに対して冷たい態度を取っているというのは、この店の常識だった。紅野さんはそれをかなり気にしており、「俺、八木沼さんに嫌われているからな……」と何度も愚痴られている。

しかし久美にはわかっていた。実は映里ちゃんが、紅野さんに対して好意を持っていることを。本当に嫌いなら、あんなに拒絶するわけがない。むしろ、過剰とも思えるくらいの反応だ。

中学の頃、似たような子がクラスにいた。きっと映里ちゃんはあまり恋愛の経験がないまま大学生

になってしまったのだろう。

以前、閉店後、外の駐輪場で電話をしていたことがある。以前一度だけ会った男で、結婚していると思っていたら独身だったのでそれきりにしておいたのだった。もう会わないって言ってるでしょ、と喧嘩腰で通話を切ったところを映里ちゃんに見られていた。

「彼氏ですか?」

「うん。まあ。普段はなかなか、会えない人なんだけど」

どこをどう勘違いしたら彼氏ということになるのかわからなかったけれど、そのままお疲れさまーと言って店内に戻った。

紅野さんに対して冷たい態度をとる映里ちゃんを見ていると、裏にある気持ちが透けて見えて、久美はなんだかもどかしくも恥ずかしくなってしまう。がんばれ、とすら思う。

もし映里ちゃんが紅野さんと付き合うことになったら……と妄想する。結婚はしていないからターゲットにはならないけれど、「準ターゲット」くらいにはなるだろうか。でも、さすがに気が引けた。映里ちゃんじゃ、相手にならない。

紅野さんってそういう意味でも惜しいんだよなーと、苦笑いしそうになる。

そして、映里ちゃんと紅野さんによる茶番劇は、今日も繰り広げられた。

ランチ営業を開始してから二時間半ほどが経過したときだった。

「ごめーん。さっきのシーザーサラダ、イタリアンサラダの間違いだった」

フードカウンターの向こうから紅野さんの声がした。久美は「はーい」と返事をしながらイタリアンサラダのドレッシングに手をやる。

「これ、『C』だよね?」

「ちょっと曲がっているけど『I』です」

フードカウンターの向こうで紅野さんと映里ちゃんがしゃべっている。興味をそそられて顔を出してみた。伝票の文字について言い合いをしているようだった。

「えー、そうなの？『C』に見えるけどなあ」

紅野さんが言ったそのとき、

「自分のミスを、人になすりつけないでください！」

映里ちゃんは叫んだ。

狼狽《ろうばい》した紅野さんの顔。羞恥と後悔で真っ赤になった映里ちゃんの顔。見てられない。久美は思わず下を向いて笑いを我慢し、イタリアンサラダをフードカウンターに置く。

「……もういいです。私がやります」

映里ちゃんがサラダを持っていった。

＊

昼食休憩の途中から、紅野さんの姿が見えなくなった。どうせタバコを吸いに行っているのだろうと、空き瓶を捨てるついでに裏に行くと、やっぱりそうだった。映里ちゃんに怒鳴られたことを落ち込んでいる様子だったので励ますと、

「わかってるよ。大丈夫」

との返事。もっと他に気になっていることがありそうだ。だとしたら。

「違ってたらごめんなさいですけど、さやかちゃんのことですか？」

「え……」

当たりだった。

「おせっかいします。聞きますよ、私」

来週の木曜、娘のさやかちゃんに会えることになっていたけれど、直前にバレエの発表会の見学の予定を入れられてしまい、会えなくなった。……それは落ち込むだろう。

「ひどくないですか？　裁判所が決めた、紅野さんの正当な権利ですよね」

「そうなんだが、元妻には引け目があって」

「さやかちゃんのほうは紅野さんに会いたがっているんですよね。別の日に変えてもらっても、会うべきです」

自分でも思いがけず、熱が入ってしまった。基本的にやっぱり、紅野さんのことは好みなのだと思う。

「宮田さん、せっかくすしラビットのガチャガチャを持ってきてくれたのにすまなかった。そういえば、お金、まだだったね」

「いえいえ、本当にそれは気にしないでください」

本当の気持ちだ。紅野さんからお金を取ろうなんてこれっぽっちも思わない。

「いろいろ聞いてくれてありがとう」

まだもう少し慰めの言葉をかけてあげたい。そう思ったとき、背後でドアが開いた。

「あ。すみません」

手に白いポリ袋を持った片山が気まずそうにしていた。余計な、と腹立たしくなる。

「ちょっと、ゴミを」

ポリバケツのふたを開けて、四角い何かが入っているそのポリ袋を放り込んだあとで、片山は紅野さんと久美の顔を交互に眺めた。

「どうした?」

「いえ……」

と言いつつ、店内に戻ろうとしない。そのうち、紅野さんのほうが戻ってしまった。久美は片山と二人きりになった。

「ちょっと、話をいいですか?」

片山が言ったのでびっくりしてしまった。久美が彼に興味を持たない以上に、彼は久美に興味がないと思っていたからだった。

「何ですか?」

片山はズボンの尻ポケットのあたりを何やら探っている。戸惑ったような表情。そして口を開きかけたが、

「やっぱり、今はいいです」

「はい?」

「あとで、仕事が終わったところで」

なんだか気味が悪い。この人と話をしていると、調子が狂いそうだ。久美は何も言わずに立ち上がり、店内へ戻った。

＊

「そりゃおかしい。どう考えてもメインだよ、クワトロ・フォルマッジは」

「いや、いくらオーナーの意見でも、これだけは譲れません」

高彦と映里ちゃんが、クワトロ・フォルマッジについて意見をぶつけ合っている。この話題はもう何度かしただろうに、よく飽きないものだと、野菜を切りながら久美は思う。

「トマトソースとかアンチョビソースでお腹いっぱいになったところに、ハチミツをかけた甘い状態で食べる。これがスイーツじゃなくてなんです？」

「ハチミツは……ゴルゴンゾーラが苦手な人が独特の風味を和らげて食べるためのものであって、クワトロ・フォルマッジに必ずしも必要なものじゃないのでは……」

そう言った片山を、映里ちゃんは睨みつけた。また雰囲気が悪くなる。やれやれと思いながら久美は口を開く。

「片山さんの言いたいこともわかりますけど、やっぱり私は映里ちゃんと同じ意見だなあ」

適当にフォローしておいて、「紅野さんはどう思いますか」と水を向ける。

久美に続いてスイーツ説を支持すれば、映里ちゃんは上機嫌になり、気持ちよくディナータイムをすごせる。そう思ったのに、

「食事でしょ」

あっさり紅野さんは言った。

「今日のデザートはこれですと言われて、クワトロ・フォルマッジを出されたら、『えー』って言うと思わないか」

もう、なんで！　と思いつつ、

「まあ、それはたしかにそうですねえ」

笑顔でフォローした。盛大な映里ちゃんの舌打ちが聞こえた。

「みんな、ちょっといいか」

高彦がチーズを載せた木のトレイを持ち、ホールへと出ていく。

高彦によるチーズ談義が始まった。会社を辞めて放浪していたとき、クワトロ・フォルマッジを食べて感動し、チーズを食べまくった——キッチン付きのレンタルルームで何回か聞かされた話だった。

「そういういきさつがあったんですか」

とぼけて感心したような合いの手を入れると、高彦は久美のほうをちらりと見たあとで、店で出しているクワトロ・フォルマッジの四つのチーズの解説を始めた。留守にする前に協力させる意味合いで、四人をチーズにたとえているらしい。高彦はたまに、ものごとをチーズにたとえる変なクセがある。

「一見つるつるでもっちりしてるが、加熱すればまったく違う顔を見せる、モッツァレッラ」

思わず笑いをかみ殺した。久美は第一印象と全然違うな、まるでモッツァレッラだ——付き合いはじめのときにそんなことを高彦が言っていたのを思い出したからだ。映里ちゃんがペコリーノ・ロマーノ、紅野さんがパルミジャーノ・レッジャーノ、片山がゴルゴンゾーラというのにはあまりピンとこなかった。

「ま、わずかなあいだだけでも店を預けるわけだから、この精神だけは伝えておこうと、ふと思ってな」

表向きは紅野さんに向けられているメッセージだけれど、自分にも向けられていると久美は感じていた。はいはい。仕事はしっかりやりますから任せておいてくださいね。

＊

ところが、いざディナータイムが始まると、大きな問題が待ち受けていた。

六時までに戻ると言って出て行った映里ちゃんが戻ってこなかった。焦った様子だったから家族に何かがあったのかもしれないが、それでも連絡がないというのは異常だ。

「映里ちゃん、まだつながりませんか？」

サラダをフードカウンターに出しながら、紅野さんに訊ねるも、紅野さんは黙って首を振るだけだ。

七時が近づくにつれ、客が入って厨房は忙しくなってきていた。片山も、手が回らず焦っている様子が見られた。別の応援を呼ぼうと考えたが、どのバイトもみな予定が入っていた。こんなに忙しいときに……と、映里ちゃんに対して怒りが込み上げてきたが、怒りは仕事の効率を悪くすると調理師学校で教わっていたので、深呼吸をして気分を落ち着かせる。

「私も運びます。片山さん、ちょっとこれお願いしていいですか」

片山も手が回っていないことはわかっていたが、仕事を押し付け、紅野さんを手伝った。

嵐のような時間がようやく過ぎ去った。洗い物を始める。

厨房内の掛け時計に目をやる。九時五十五分。オーダーはもうないだろう。

それにしても映里ちゃんはどうしたのだろう……。

出入り口のドアが開く音がした。

「いらっしゃいませ、おひとり様ですか」

紅野さんの声が聞こえる。お客さん……？　洗い物の手を止め、フードカウンター越しにホールを見る。パーマのかかった髪を整髪料で固めたやせ形の男が、青いコートを紅野さんに突き付け、案内も聞かずに店の奥に進んでいくところだった。

「マルゲリータね」

紅野さんが伝票をフードカウンターに置いた。ドリンクオーダーはなし。

「この時間から、一人でですかあ？　しかも、お酒なしで」

紅野さんは肩をすくめ、ホールへ戻っていく。片山は何も言わず、生地を伸ばしはじめていた。相変わらず何を考えているのかわからないどんよりした目だが、こういうときにうろたえないのは面倒くさくなくてよい。

手際よくトマトソースが塗られ、具が載せられる。窯の中に、本日最後のピザが入っていった。

「これが、今夜のラストオーダーになるでしょうね」

窯の中を覗いていた片山が、不意にぼそりと言った。

「そうだと思いますけど」

洗い物をしながら久美は応じた。

「だったら今、言ってしまいます。終わった後だと、紅野さんに聞かれるかもしれないから」

久美は洗い途中の皿を持ったまま、片山のほうに顔を向ける。どんよりした目は、窯の中ではなく久美を見ていた。

不意に昼間のことを思い出す。裏口の外で、ゴミを捨てた後、彼は何か言いたそうにしていた。

「なんです？」

「オーナーと不倫してますよね」

「えっ――」

体じゅうの穴という穴が開いた気がした。取り落とした皿が、自分の足元で割れる。

「失礼しましたーっ！」

ホールに向かって叫ぶ久美に向かい、片山は黙って一枚の写真を見せてきた。高彦と久美が連れだってホテルから出てきているところだ。確実に覚えがあって、足が震えそうになる。片山は落ち着いたしぐさで写真をジーンズのポケットにしまった。この男……ぼんやりしているように見えて抜け目がない。ゆするつもりだろうか。

「別にオーナーと結婚したいというわけでもないんでしょう。終わりにしたほうがいいんじゃないですか」

「ど、どうして、そんなことを言われなきゃいけないんですか」正式に認めてしまったなと頭の隅で思いつつ、しゃがんで皿の破片を拾いはじめた。「片山さんには関係ないじゃないですか」

「それが、関係あるんですよ」

どういう意味かわからなかった。それより、片山は不倫に気づいているということを高彦に言っただろうか。もし高彦がそれをきっかけに、奥さんに告げ口されることを恐れて「関係をやめよう」とでも言い出したら……。

負けだ。ゲームに負けたことになる。それはプライドが許さない。こんな形で終わるなんて不本意だ。

口止めするにはどうしたらいいか。この男は、何か欲しいものがあるのだろうか。

「ちょっと、話し合いません？」

「マルゲリータ、出ますよ」

無視するように片山は答える。主導権を握られているようで悔しいが、仕方なかった。

「ま、マルゲリータ、もう少しで出まーす」

立ち上がり、皿の破片をゴミ袋へ入れる。その直後、ホールのほうでドアが開く音がした。もうラストオーダーが終わったので紅野さんは入店を断るだろう。片山のことはどうしてくれよう。焦る頭の中でいろいろ考える。

紅野さんが誰かともめているのが聞こえた。

「はい、マルゲリータ」

片山が窯から出したマルゲリータを皿に載せ、持っていけという仕草をみせる。久美はそれをフードカウンターに置く。

「紅野さん、マルゲリータ、出ますけど」

小学生くらいの女の子が、紅野さんの前にいた。寒い中をやってきたのだろう、頬が赤い。

「わあ、おいしそう！」

「紅野さん、誰ですかその子？」

紅野さんはフードカウンター越しに顔を近づけてくる。

「俺の娘だよ」

はっとした。

「さやかちゃん？」

「はい」

「『はい』じゃなくて、お前……」

「お客さん、待ってるよ」

娘に指摘され、マルゲリータを奥の客に運んでいく紅野さん。久美は厨房から出た。紅野さんから聞いていた彼女と話がしたいという気持ちが半分、片山の近くから離れて、どう片山を説得するか作戦を練りたいという気持ちが半分だった。

「一人で来たの?」

「はい。パパの仕事場、見たかったんで」

「こんな遅くに、偉いね」

何が〝偉い〟のかと自分で自分に訊き返したくなる。やっぱり動揺していると思った。片山を味方に引き入れるには……。ごまかすようににっこりと笑う。

「おい」紅野さんが戻ってきた。「どうしたんだ、こんな時間に」

「ママと喧嘩して、晩ごはんの途中で家出してきた。だから、今日はパパのところに泊まろうと思って」

「顔がほころんでますよ、紅野さん」

久美は指摘した。父と娘の会話が目の前で展開される。どうやらさやかは喧嘩をして家出したようだった。たしなめながらも紅野さんは終始嬉しそうだった。

「とりあえず、まだ営業中だから、裏に」

「ねえパパ、私の話、聞いてた? 晩ごはんの途中で喧嘩して家を飛び出して腹ペコの娘が、あんなおいしそうなピザ見せられて、食べられないなんてかわいそうと思わない?」

「お客さんを指さすんじゃない。残念だが、フードのラストオーダーは終わってしまって……」

久美はすかさず、厨房を振り返る。

「片山さん、ピザ窯の火、もう落としちゃいました?」

いつになく愛想のいい声が出てしまう。オリーブオイルの瓶の向こうから、片山が顔を出した。

「いや、大丈夫ですよ」

「よかった。大丈夫だって、さやかちゃん」

「やった、ありがとうございます。じゃあ私もマルゲリータ」

片山に向かい、「マルゲリータ、お願いしまーす」と久美はおどけた声を出す。片山は軽くうなずいただけで、ピザ窯のほうへ引っ込んでいった。

紅野さんは急《せ》かすようにさやかちゃんを一番テーブルにつかせた。

「へぇー、ここがパパの店かあ」

「今日は、パパが店長代理なんだぞ」

「代理でしょ、しょせん」

微笑ましい親子の会話だ。

「さやかちゃん、バレエやってるんだって?」

久美も会話にまじった。和やかな時間の中で、片山をどう味方につけようかということを考えていた、そのとき——突然店の奥で、陶器が割れる音とともに何かが倒れた。

九時五十五分に入ってきた男性客が床に倒れている。

砕け散っている皿、食べかけのマルゲリータ。何が起きたというのだろう。

「ど、どうしたんです?」

駆け寄り、その肩をゆすぶる紅野さん。男は喉を押さえてがっ、ぐっ……と唸り、苦しそうにしている。

「大丈夫ですか！　吐き出してください！」

紅野さんが背中を叩く。男の口からは赤い泡が飛び散った。

そしてぐったりとした。久美も走り寄り、その肩をゆすぶった。

「お客さま？　お客さま？」

「どうしたんです？……えっ」

厨房から出てきた片山も絶句した。

「死んでいる……」

紅野さんが青ざめて言った。死んでいる？

「毒ですよ」片山がぽつりと言った。「これはどう見ても、毒ですよ」

だとしたら、と久美は片山の顔を見た。

「毒？　ピザに毒が入っていたというのか？」

「わかりません。わかりませんがそういうことでしょう」

すると片山ははっとしたように「いや、俺じゃないですよ」と言った。いや、ピザに毒を入れたとしたら、あなたでしょ。

ベルの音がして、出入り口のドアが開いた。久美は振り返る。

「すみませんでした！」

飛び込んできたのは、映里ちゃんだった。

「映里ちゃん……」

久美はほぼ反射的にその名を呼んだ。

いろんなことが、一度に起きすぎている。

映里ちゃんは「えっ？」と目を見張り、倒れている男を見ている。

「どうして、この人……」

その言い方に違和感を覚える。紅野さんも久美と同じことを思ったようだった。

「八木沼さん、誰だか知ってるの？」

「いえ……」

本当にわかりやすい子だ。知っているのだ、この男が誰だか。

「と、とにかく警察を！」

紅野さんが立ち上がった。警察――その瞬間、久美の頭の中に「だめだ！」という高彦の声が響いた。

「いや、やめましょう」

さやかを含め、一同の顔が久美に注目する。

「宮田さん、今、なんて？」

「やめましょうよ、警察は」

思い出されるのは、今朝のビデオ通話だ。

――久美。くれぐれも、俺の留守中、〝あれ〟だけは頼むな
鼻をつまんだ高彦のしぐさ。警察がこの店へやってきて、万が一、〝あれ〟を見つけたら、高彦はただではすまない。秘密を知る恋人として、高彦のことを守らなければならない。

「もしもし？」

厨房の中から声が聞こえた。

「人が死にました。毒殺されたようです」

冷水を浴びせられたように、久美は飛び上がった。

「ちょ、ちょっと！」

片山が、スマートフォンを耳に当てていた。すでに住所と、《デリンコントロ》という名前を告げ終わっていた。

「何をやってるんですかっ！」スマートフォンを取り上げたが、もう遅かった。

「どうしたんです？」

片山はまるで眠いかのようにまぶたを半分閉じたような目だった。

「警察に来られたら困る理由でも？　みなさんも気になりますよね」

片山の視線の先を見る。ホールに通じる厨房の入り口の向こうから、紅野さん、映里ちゃん、そしてさやかちゃんの視線が、久美の顔に突き刺さった。

4．片山伸也

【ゴルゴンゾーラ】

九世紀に北イタリア・ロンバルディア州のゴルゴンゾーラ村で生まれたと伝わるチーズ。青かびを特徴とし、「世界三大ブルーチーズ」の一つに数えられる。もともとは「ピカンテ」という種類しか存在しなかったが、青かびが少なくクリーミーで食べやすい「ドルチェ」が開発されると、そちらが主流となった。ハチミツや洋ナシ、イチジクと合わせる食べ方もある。


はっ、はっ、はっ――と、規則正しく、白い息が宙に消えていく。

公園沿いの上り坂に入ったところで、伸也は腕時計に目をやった。六時半。もう、走り出してから一時間経つ。

ランニングは、二十六歳の頃からの日課だった。就職活動にことごとく失敗し、大学を卒業後はアルバイトを転々としながら過ごし続けていた。時給でも暮らせないことはないし、これでいいのかもしれないといつしか思い始めていた。

ある日、やっぱりこれじゃいけない、正規で雇ってくれる就職先を探そうと、堕落した精神を一から鍛えなおすつもりで走りはじめたのだ。

坂を上り切り、左に折れたところで、犬に吠《ほ》えられた。

「おうぅ！」

身をよじらせてしまった。脇腹の古傷がずきずき痛む。

「すまない」

老人が謝った。吠えているのは彼が連れている柴犬《しばいぬ》だ。老人はへこへこ頭を下げ、坂を下っていった。

塀に手をつき、息を整える。指先が震えている。ジムに通い始め、筋肉がついて体もだいぶ大きくなった。体力にも自信はある。だが、精神のほうはどうだ？　不意に大きな音が聞こえると、どうしてもこうなってしまう。四年前の傷はもう癒えていて、目を凝らさなければそれとはわからない。だがやっぱり、精神に受けたダメージは完全には癒えないのかもしれない。

「何を弱気になっているんだ」

自分を叱咤《しった》するように独り言を言った。

「今日、証拠をつかむんだろうが！」

気持ちを奮い立たせ、再び走り出す。

十五分後、マンションに帰ってきた。ドアを開けると、トーストを焼くにおいが充満していて、奈々《なな》が起きているのがわかった。

キッチンには寄らずにシャワールームに入り、服を脱ぐ。シャワーを浴び始めたところで、

「もーう。帰って来たならただいまくらい、言ったらどうなの？」

スライド式の扉の向こうから奈々の文句が聞こえた。

「ああ」ぼそりと返事をして、シャワーをつづけた。

リビングに行くと、朝食の準備ができている。トーストに、目玉焼きとレタス。簡単なものだが、嬉しい。

奈々と出会う前、朝食は練習で作った料理を食べていたが、そもそもイタリアンは好みではない。パスタの太さと固さがどうしてもなじめない。トマトソースの酸味もオリーブオイルのまったりした感じも口に合わない。バジルなんてトイレの芳香剤のような臭いがする。

だがそれらよりもっと苦手なのは、チーズだ。

小学生の頃から、臭いを嗅いだだけで顔をそむけたくなる。あるとき担任の教師に給食で出たチーズを無理やり口に押し込まれ、さらに嫌いになった。料理学校に通って何度もイタリアンを練習しているうちにさすがに免疫はついたし、種類も覚えたものの、それ以前はチーズを見るだけで手が震えたものだった。

朝食をたいらげ、ソファーで休んでいると、隣に奈々がやってきた。体をぴったりとつけ、上目遣いで伸也を見る。

「今晩、遅くなるんだよね。お弁当、お昼と夜のぶんと作っておいた」

「ありがとう」

「待ってるの、寂しいな……」

十歳年下の恋人……《デリンコントロ》で働きはじめてから付き合ったので、伸也のことを本物の料理人だと信じている。無論、今の生活は料理人そのものだが、今夜、目的を果たしたら、そうではなくなる可能性もある。

「お店に行ってもいい?」

「来るなと言ってあるだろ」

すねるとすぐ口を尖らせる。

奈々と出会ってから伸也の生活が向上しているのは間違いない。洗濯ものが溜まることもないし、無機質なコンビニ弁当で夕食を取ることもなくなった。献身的に身の回りのことをしてくれる彼女を、伸也は心から愛している。

だがまだ、素性を明かすわけにはいかない。奈々を信用していないわけではないが、継続している案件が解決するまで、恋人にも明かしてはいけないというのが上司からの通達だった。

「じゃあせめて、家を出るまでこうしてて」

奈々は伸也の腰に手を回す。させるがままにしておく。幸せなぬくもりを感じながら、伸也は目を閉じる。

奈々が作った二食分の握り飯をバッグに入れ、再びマンションを出たのは八時半だった。健康のため、電車は使わないことにしている。《デリンコントロ》までは歩いてたっぷり一時間。寒かった。また走れば体も温まるのだろうが、汗をかいて出勤するわけにはいかない。

都心から離れた私鉄沿線の街。住宅街の間に広がる畑は白い霜で覆われている。夜には降雪の可能性もあると、スマートフォンに通知があった。

ふと曇天を見上げ、伸也は思い出す。

辰野《たつの》に声をかけられたのも、こんな寒い日だった――。

*

正確な日付は忘れたが、クリスマスの差し迫った時期だったことは間違いない。場所は渋谷のセンター街だった。就職活動に失敗しながらも大学を卒業してから約四年、目標も友人もなく日々を無駄にすごし、暇を持て余してはよく街をぶらぶらしていた。

薄いブルゾンに身を包み、吹きすさぶ寒風から身を守るようにして歩いていると、同じくらいの年齢の若者の集団が怒号を上げているのが見えた。五、六人の若者が一人の男を囲み、蹴りつけているのだった。

「おい!」

考えるより先に叫んでいた。若者たちの塊に突っ込み、蹴られている男を若者たちから逃がそうとした。若者たちは口汚く罵りながら伸也を襲ってきて、何発か殴られたが、無我夢中で男を引っ張り出し、逃げ出すことができた。

喧嘩の原因は何なのか、男は語ることなく、それぱかりか礼を言うこともなく渋谷駅のほうへ走り去っていった。その背中を見送る伸也の肩に、ぽんと手が載せられた。

黒い革ジャン姿の中年男がにやりと歯を見せて笑っていた。長髪に無精ひげ、ミュージシャンか古着屋かバーの経営者か、そんなところだろうと値踏みした。

「なかなかの正義感だ。ピンときたぜ。今から飲みにいかないか」

予定はなかったのでついていくことにした。センター街から少し歩いた飲み屋街にある、狭いバーだった。古い映画のチラシやバイクのパーツ、怪物の顔の置き物などがそこかしこに飾られ、聞いたこともないロックミュージックが流れている、ひどく汚らしい店だった。他に客のいないカウンターに横並びに腰掛け、ビールを二本注文した。

男は辰野と名乗り、「年齢は？　仕事は？」と立て続けに二つ、訊いてきた。二十六歳で何もしていないと答えると、

「大学は卒業したのか？」

三つ目の質問が飛んできた。

「しましたが、何も目標がありません」

ひゅう、と辰野はわざとらしい口笛を吹いた。

「そりゃ好都合だ」

上機嫌でビールを呷《あお》った。

「俺のところで仕事をしないか？」

この身なりだ。きっとまともな仕事ではないのだろう。ところが、男が差し出した名刺には、まるで予想外の肩書が書いてあった。

——厚生労働省　職員　辰野時春《ときはる》
いたずらっぽく笑い、辰野はもう一本ビールを注文する。

「信じられないだろ。お堅い国の役所に、こんなだらしない髪で許される部署があるなんて。マトリさ」

「マトリ？」

「麻薬取締官。勘違いしている一般人も多いが、俺たちは警察官じゃない。厚生労働省所管の麻薬取

締部の職員だ。実際に現場を取り押さえるためにはどうしても潜入捜査が必要だからな。特例的に服装も髪型も自由。バッジもあるぜ、ほら」

辰野は革ジャンの内ポケットから身分証を取り出し、開いて伸也に見せた。

「……といっても、本物かどうか判断できないだろうがな」

笑って、辰野はまたビールを飲んだ。

麻薬取締官は後継者不足なのだという。体力勝負なうえに、常に危険が伴う。麻薬関係の法律も頭に叩き込まなければならないし、取引網の情報にも常にアンテナを張っておかなければならない。それでいて給料もあまり高くない。

「だからこうして休みの日も街に出て、それとなく候補者をスカウトしているというわけさ。実際に麻薬を取引している連中に面が割れる心配があるからそういうことはするもんじゃないと同僚に言われるが、若手を育てないことにはな」

辰野は伸也のほうに体を向けた。

「麻薬中毒者は今、ものすごい速度で増え続けている。どうだ、お前の正義感を世の中に役立ててみないか?」

国家公務員試験の一般職に合格すれば、面接を経て取締官になれる、と辰野は言った。

突然の誘いに面食らったのはたしかだ。だが、たしかにこのまま無為に日々を過ごすくらいならと思い、翌週、辰野に紹介された公務員試験予備校に入学届を出した。

辰野の指導を受けながらも、合格にはそれから二年を要した。厚生労働省の面接はあっさり通過し、はれて麻薬取締部に所属となった。現場に出る前には二年間の事務仕事をしなければならないということだった。

デスクワークは性に合わなかったが、伸也は燃えていた。公務員試験を目指していたときも常に辰野から、麻薬中毒者の悲惨な現実を叩きこまれていたからだった。薬物を取引する不届き者を早くこの手で捕まえたい。事務仕事をしながら、その気持ちを募らせていった。

そして、三十一歳になる年の六月、いよいよ伸也は初めて、現場に出ることになった。荒川区日暮里《にっぽり》にある駄菓子問屋が取引に利用されていることを先輩の取締官が突き止めてきたのだ。

そこは、昔ながらの木造の建造物が立ち並ぶ閑静な街だった。件《くだん》の駄菓子問屋の正面に位置する民家の二階を借り、五人の先輩取締官と問屋を見張った。五十代半ばと思《おぼ》しき女性が掃き掃除をしていた。目は細く、小柄で、どう見ても善良そうだった。本当にこんなところで麻薬の取引が行われているのかと伸也は疑った。

やがて白いワゴン車がやってきて、問屋の前に停車した。運転席から降りてきた三十歳くらいの男はワゴン車の荷台のドアを開け、女性と言葉を交わしながら問屋の中に入った。三十秒もしないうちに、スナック菓子の段ボール箱を抱え、男は出てきた。

同僚たちとともに張り込み場所の民家から出て、男に近づいていく。四箱の段ボール箱を積み終えた男は、荷台のドアを閉めようとしているところだった。

「ちょっとすみません」

一番先輩の取締官が声をかけると、男は振り返った。同時に問屋の中から、さっきの中年女性が出てきた。伸也は小走りで女に近づき、体で道を塞いだ。新人の伸也は、彼女の動きを封じる担当とあらかじめ決められていたのだった。

「厚生労働省から来たものです」

先輩がバッジを見せる。男が危険を察知していたのは明らかだった。逃げようとする男の両脇を二人の取締官が押さえる。別の取締官がすぐさまカッターを取り出し、素早く荷台の段ボール箱のガムテープを切った。

「何をするんですか、全部お菓子ですよう」

伸也に動きを阻まれている女が、おろおろした様子で言った。「全部お菓子」であることをわざわざ弁明する必要はない。スナック菓子ではないものが混入しているのは間違いないだろう。

女性を止《とど》めながら顔を背後に向ける。もう一人の取締官がスナック菓子のビニールパッケージを開けていた。スナックの中に、白い粉の入ったポリ袋が見えた。取締官がその中身を確認しようとしたそのとき——、

「にげてっ!」

左の脇腹に激痛が走った。

金切り声を上げた女のほうに、顔を戻す。先ほどまでの狼狽した表情はどこにもなく、怒りと興奮の入り交じった目で伸也の顔を睨みつけていた。視界に黒い幕が下りたようになり、膝からくずおれた。

刺されたのだ、と思った。どくどくと、血液が流出していく感覚だけがあった。

「片山! 大丈夫か——」

先輩取締官の声が、遠のいていった。

意識を取り戻したのは、病院のベッドの上だった。すぐ脇に、辰野が立っていた。

「すまなかった」

頭を下げる辰野の姿を見て、すべてのことを察した。やめてください、俺が油断したのがいけないんです。二人は逮捕されたんですか。他の取締官たちはどうしていますか。様々な質問が浮かんだが、

声が出なかった。脇腹がずきりと痛んだ。

「致命傷ではない。二か月で退院できるそうだ」

仲也の疑問にはないことを、辰野は答えた。

声が出ないのは一過性の精神的ショックで、三日もすると元に戻った。刃物は内臓まで達していたが、予定通り二か月で退院することができた。退院の日、辰野は病院に迎えに来た。役所が手配した乗用車の後部座席で、もう一度現場に戻る意思があると仲也は伝えたが、辰野は首を振った。

「医者と相談したが、お前を危険な現場に戻すのはやめたほうがよさそうだ」

「それじゃあ……」

俺はクビですか。仲也の質問を先取りするように、「いや」と辰野はつづけた。

「お前には潜入に回ってもらう。取引場所に利用されている疑いが濃厚な店に従業員として潜入し、おかしな動きがあったら報告する役目だ」

神戸のイタリアンレストランだと、辰野は言った。二年前にオープンしたばかりで、雑誌にも紹介されているほどの店だが、複数の麻薬組織の関係者と思しき人間が足しげく通っていて、経営者が仲介者となっている可能性もあると当局は見ている。しかし、客として何度も足を運べば向こうに勘づかれる可能性もある。顔が知られていない取締官を従業員として就職させるのが手っ取り早い。

「わかりました。やらせてください」

仲也は迷いなく言った。辰野はうなずいたが、「一つ問題がある」と続けた。

「相手はイタリアンレストランだ。それなりの料理の腕がないといかん。片山、お前、料理はできるか?」

「……まったく」

「だろうな。これから二年間、調理師学校に通え。かなり大きな案件だから当局はそれくらいの期間は泳がせるつもりだ。神戸での就職希望が不自然ではないように、大阪の学校を手配しておく」

国家機関の所管部署なので、全国のどこへでも行かされる可能性があるというのは聞いていた。日暮里の一件で迷惑をかけたと責任を感じていた伸也は、今度こそはと意気込んで大阪へ行った。

調理師学校での勉強は初め、苦痛だった。というのも、イタリアン科に入学したからだった。包丁さばきや料理機器の扱いに慣れていないことはいいとしても、トマトソースの味見を躊躇《ちゅうちょ》したりチーズの臭いに顔をしかめたりするので講師に目をつけられて嫌みを言われ、同期入学の学生には「なんでイタリアンを選んだんや」と毎日のように呆《あき》れられた。

それでも一年半がすぎるころには知識も技術も身に付き、相変わらず好きとはいえないが、たいていの料理は我慢して食べられるようになった。

そしていよいよ、就職先を探す段階になった。

久しぶりに辰野から連絡があったのは、件のイタリアンレストランに送る履歴書を用意していたまさにそのときだった。

「来週、例のイタリアンレストランにガサが入る」

呼び出された喫茶店に足を運ぶと、辰野は挨拶もそこそこに言った。

兵庫県に属する麻薬取締官と県警の入念な合同捜査により、件のレストランの経営者が麻薬を使用している事実が確認されたらしい。レストランが取引場所になっていることも自明であり、強制捜査によりブツが押さえられ、閉店に追い込まれるだろうということだった。

「ということは……俺の潜入捜査は……」

料理学校で苦手なイタリアンと格闘し続けてきたことがすべて無駄になる。その事実に目の前が暗くなりそうだった。だいたい、捜査のために二年間も学校に通うというのが悠長なことだったのだ。駄菓子問屋の中年女に刺された傷がうずいた。どうしても俺は、この仕事で役に立てないのか……。

「そう気を落とすな」

辰野は言って、アイスティーを一口すすった。

「お前の身に付けた料理の腕を生かす場がある。東京だ」

都心から外れたところにある《デリンコントロ》という小さなピッツェリアが、従業員を募集している。辰野はそう告げた。

「俺は別に料理人になりたいわけじゃないんです！」

大声を上げた伸也に、周囲の客の目が集まった。

「落ち着け片山」辰野は声を潜める。周囲の目が気にならなくなってから、辰野はつづけた。

「もちろん、潜入捜査だ。《デリンコントロ》の経営者は北村高彦という男だが、彼が昔つるんでいたサーフィン仲間が今までに三人、麻薬に手を出して逮捕されている。三人とも、どこから麻薬を入手したか白状していないが、北村が関わっているのではないかというのが捜査に当たった者の報告だ。個人経営の小さなレストランが取引に使われたケースは、ごまんとある」

北村の周辺をマークするため、従業員として取締官を送り込むのが一番いいのは明らかだった。

「どうだ。お前以外に適任者はいないだろう」

「ええ、そう思いますが……なぜわざわざ大阪の料理学校を卒業して東京の小さなピッツェリアに就職を希望するのか疑問を持たれないでしょうか」

「そんなところは適当にごまかせばいいだろう」

とにかく料理学校で得た技術を無駄にするわけにはいかないと東京に戻り、伸也は《デリンコントロ》に面接を申し込んだ。茶髪に浅黒い肌に無精ひげ——北村はたしかに、サーファーらしい見た目の人物だった。

「ふーん」

伸也の用意した履歴書に目を落とし、北村は気のないように言った。

「大学を卒業後、調理師学校に入るまでは何をやってたの？」

専門学校の所在地よりも、その九年の空白のほうが気になるようだった。

「はい。アルバイトを転々としていました。日雇いの現場作業員、スーパーマーケットの店員、警備員、ゴミ収集などです」

それは初めの四年だけで、あとは公務員試験の勉強と麻薬取締部でのデスクワークだったが、もちろん履歴書に書いていないし、言うわけにはいかない。

「それで一念発起して専門学校に。はぁー、偉いね、気に入ったよ」

何が気に入ったのかわからないが、北村は笑顔になった。ピザ生地を伸ばすのをちょっとやってみてというので、専門学校でやったことをそのまま披露すると、

「即戦力じゃん！」

妙に興奮し、ワインを勧めてきた。北村なりの合格発表のつもりらしかった。

それで《デリンコントロ》で働くことになったが、伸也の秘密はすぐに北村にばれることになった。といっても、取締官の身分ではない。イタリアン嫌いのことだ。

ピザ以外には軽いつまみしかないピッツェリアだ。まかないは当然、ピザになる。都合の悪いことに、北村はチーズが大好きだった。それも、クワトロ・フォルマッジには絶対の自信を持っているようで、しつこく勧められた。伸也は「あまり食べ過ぎると、眠くなる体質ですから」と自分でも苦し

いと感じる言い訳を繰り返していたが、ついに押し切られて口に入れたとき、あまりの臭いにむせかえってしまった。

「片山、ひょっとして、チーズが嫌いなのか？」

もう言い逃れはできなかった。北村はため息交じりに笑った。

「それでよく、ピッツェリアで働こうと思ったな」

「すみません……」

「謝ることじゃないんだよ。お前の仕事はピザを作ることであって、食べることじゃないんだから」

北村は冷蔵庫を開け、ビニールの包みを取り出した。

「だが、ちょっと試したいことがある」

実験台にするみたいで悪いけどな、と、北村は包みの中から一片のチーズを出した。専門学校で学んだので、そのチーズの名前はもちろん伸也も知っていた。

「ゴルゴンゾーラですね。でも、ずいぶん青かびの含有量が多いような……」

「そうだ。ピカンテ」

ゴルゴンゾーラは青かびを抑えたドルチェと、昔ながらの青かびの量で作られるピカンテの二種類がある。ピカンテのほうはドルチェに比べ、舌にぴりりとした刺激がある。専門学校では知識のみを学んだだけで、ピカンテを口にしたことはなかった。

北村は薄く切った一片を別の小皿に載せ、そこにハチミツをかけて伸也に差し出す。

「食べてみ」

「いや、俺は……」

「いいから」

意を決してフォークを手に取り、すくって口に入れた。まずハチミツの甘みがあり、あとから辛味がやってきた。チーズの臭みはそれほど苦にならなかった。

「食えるだろ?」

「食えますけど……」

「好きじゃない。まあ、わからないでもないさ。だが二口目はどうだ?」

不思議と抵抗なく、伸也は二口目を口にする。今度は刺激が心地よいとすら感じた。

「いける……かもしれないです」

北村は声を立てて笑った。そして自分もフォークを取り「うちの嫁と一緒だよ」と言った。

「はい?」

「チーズが大嫌いなんだ。まだ別の仕事をしているときに結婚をしたんだが、俺がピッツェリアを開くと聞いて本気で離婚を考えたくらいだよ。ところが、あるとき偶然これを食わせたら、『これだけは食べられる、むしろおいしい』なんて言い出して。不思議なもんだ。ゴルゴンゾーラのピカンテなんて、チーズの中でももっとも癖がありそうだが」

と、自分のぶんを口に入れる。

「クワトロ・フォルマッジに使うにはやっぱり青かびが強すぎる。ハチミツをかけたところでこのクセはなかなか消えない。日本人の口にはやっぱりドルチェだよ」

今度うちに来ないか、と北村は言った。

「これよりもっと青かびのきついゴルゴンゾーラがある。ピカンテ・ピカンテってとこだな」

あくまで麻薬取締の捜査対象ではあるが、ピッツェリアのオーナーとしては魅力的なのだろうと伸也は思った。

北村の自宅には、それから三度ほど行った。北村の妻や娘とも顔見知りになり、ゴルゴンゾーラを賞味させてもらった。

「こいつ、イタリアンが嫌いなのに調理師学校でイタリアンを専門に学んだんだぜ」

ワインで真っ赤になった顔でそう言う北村に対し、

「私の同級生、高所恐怖症だって言ってたのに、今は高層マンションに住んでるのよ。苦手なものに惹かれてしまう人っているんでしょうね」

彼の妻、園子《そのこ》は真面目な顔で答えた。ちょっとズレた感覚の持ち主だった。

北村の自宅でももちろん、麻薬取締官としての責務を忘れたわけではなかった。だが、そこに繰り広げられている光景は幸せな家庭そのもので、自宅のどこかに薬物が隠されているような雰囲気は感じられなかった。

北村は麻薬とは関係ないのではないか。そう思うたびに、辰野から連絡が入った。かつてのサーフィン仲間が北村の仲介を示唆した。店の客で怪しい者はいないのか。店内に麻薬が隠せるところはないのか——あるにはある。

店の外にある、古びた物置だ。南京錠付きのチェーンがかけられ、開けることができない。何が入っているのかと北村にそれとなく訊ねたことがあるが、

「前にこの店を使ってた人が鍵をかけたまま。開かないんだよ」

とはぐらかされた。この店は古いログハウスに、ピザ窯を取り付けて少し改装したのだと聞いている。

物置が開かないというのは嘘だろう。きっとこの店のどこかに鍵があるはずだと思っているが、北村がいるうちはあちこち探すわけにはいかない。

そんな仲也にチャンスが巡ってきた。

十二月十五日。北村が、スキーに行くために店を任せるというのだった。彼が信頼している紅野仁志と、元気でしっかり者の宮田久美、女子大生アルバイトの八木沼映里が、共に店を任されるメンバーとなった。

他の面々の目を盗んで店内を捜索するのは難しいだろう。だが、閉店後なら大丈夫だ。北村に新メニューの開発を頼まれたなどと言って、他の従業員を帰し、店内をくまなく探る。もし鍵がなければ、無理やりこじ開ければいい。ブツさえ見つかればいいのだから。

この夜を逃せば、証拠を押さえるチャンスはまたしばらくこないだろう。片山は、バッグに糸鋸《いとのこ》を忍ばせることにした。

＊

家を出て一時間。寒気《かんき》はあいかわらず頬を刺してくるが、モッズコートの中の体は温まっている。苔《こけ》の生えたブロック塀を右に曲がり、あとはこの上り坂を五分ほどいけば《デリンコントロ》だ。

「片山さん」

不意に、仲也の名を呼ぶ声が聞こえて立ち止まった。

空き地に生えている植え込みの陰に、女性が立っていた。黒いコートにニット帽をかぶり、ウレタン製のマスクをしている。とっさに思い出せはしないが、その目にはたしかに見覚えがあった。

「すみません、私です」

マスクをずらしたその顔を見て思わず、あっ、と声が出た。

「奥さん……」

北村の妻、園子だった。

「おはようございます。ごめんなさい、いきなり」

園子は申し訳なさそうに頭を下げ、伸也に二歩、近づいてきた。

「片山さんはいつも徒歩で出勤なさるということだったので、待たせてもらいました」

「私を？　店でお待ちになればいいのに」

「北村に知られたくないことなのです」

自分の夫を名字で呼ぶその鬼気迫る顔に、ただならぬ雰囲気が漂う。戸惑っている伸也を前に、彼女は小脇に抱えたバッグの中から、一枚の写真を取り出した。

「これを見てください」

今どきスマートフォンではなく、プリントアウトした写真を見せてくるなど珍しい……と思って受け取り、飛び上がるかと思った。

明らかにラブホテルとわかる建物の玄関だった。北村と、その腕に寄り添うようにしている宮田久美が写されていた。二人がカメラに気づいている様子はない。

「最近、夫の様子がおかしいと思って、探偵事務所に頼んで尾行してもらったんです。お相手の女性、ご存じですか」

「はあ……うちの従業員です」

呆然《ぼうぜん》として、素直に答えてしまった。隠し事が苦手なのは、麻薬取締官として致命的だ。

「やっぱり。どうしましょう」

園子は顔を覆う。朝っぱらから往来で泣かれてしまっては……幸い、今は人通りがないが、誰かに見られたら困る。

「落ち着いてください」

「お願いがあります。片山さんのほうから、こういった関係をやめるように主人に言ってくださいませんでしょうか」

「はい？」

「そして、私は主人のこういった行為にまるで気づいていないということにしておいてください。幸い、主人と私は別の銀行口座を持っていますから、探偵事務所の調査料を私が払っても、主人が気づくことはありません」

まったく心配していないことを、彼女はとうとうと述べた。

「私から主人を問い詰めるのは怖いのです。その……私はパニックになると自分でも歯止めが利かなくなって、暴力を振るってしまうことがあります。片山さんが独自に気づいて主人を思いとどまらせる。主人は私に気づかれないように浮気をやめる。そういうシナリオがベストなんです」

「はあ……」

「ぶしつけなことはわかっています。でもこんなこと、片山さんにしか頼めません。チーズは食べられないのに、ハチミツがけのゴルゴンゾーラ・ピカンテだけは大丈夫という方に、悪い人はいませんし」

やっぱりこの女はどこかズレている。

「やるだけ、やってみますが」

伸也としては成功の約束はしかねるという意味での返事だったが、園子はぱっと顔を明るくし、

「ありがとうございます！　絶対、お願いしますね」

ぺこぺこと頭を下げた。そして、見られてはいけないわと言い残し、ものすごい速度で走り去っていった。

手に残った写真に目を落とす。どう見ても不倫の証拠だ。参った。もうひとつ余計な潜入捜査の案件を背負わされた感覚だ。デニムの尻ポケットに写真をねじ込み、重い足取りで上り坂を歩きだす。

ログハウス風の建物が見えてきた。ふと、物置のほうを見る。いつもどおりチェーンがかかっている。……やっぱり鍵を探すなど回りくどいことはせずに、糸鋸で切ってしまおうか。

「おはようございます」

出入り口の扉を開けると、まだ北村しか出勤していなかった。

「お前、なんだよそのちっちゃい声は。もっと元気よくっていつも言ってるだろ」

「すみません」

不倫をしているくせにと文句を言いたくなる。他に従業員がいないのだから、いっそのこと今、問い質《ただ》してしまおうか。しかし、何と切り出せば……。

「まあ、こう寒くちゃ、声が小さくなるのも仕方ないか。そうだ片山。悪いけど、ビールの樽《たる》、外に出しといてくんねえか？　昨日、終わったあとやっときゃよかったんだけど、疲れて後回しにしちまった」

「わかりました」

「それ終わったら前菜の準備な。オリーブ、ぜんぜん切ってねえから」

次々と仕事を割り振ってくる。ロッカールームに荷物を置いてモッズコートを脱ぎ、着替えをして厨房に戻る。金属製の生ビール樽は、ビールタップの下に三つ、並べてあった。両手で持ち、出入り口から外へ運んだ。

中へ戻る。野菜を刻んでいる北村の背後を通り、奥へ。たしか、オリーブの準備をしておくようにと言われた。二つ並んでいる冷蔵庫の、左のほうの扉を開き、並んでいるプラスチックケースを出していく。オリーブの瓶が見当たらない。

「おはようございます！」

出入り口が開く音とともに、やけに溌剌とした挨拶が聞こえた。紅野だ。北村を除いてはこの店の唯一の正社員で、今夜は当然、店長代理を任されることになっている。今、伸也がいる場所とホールはお互いに死角になっているため、伸也の姿は見えていない。わざわざ出て行って挨拶することもないだろう。

オリーブの瓶が見当たらないので、右の冷蔵庫かもな、と思った。

右の冷蔵庫は一回り小さく、チーズをしまっておく場所と決まっている。上段は店用だが、下段は北村のプライベート用のチーズで、誰も触ることを許されていない。

扉を開き、上段を確認する。プラスチックケースや、ビニールパックがぎっしり収まっている。見た感じ、オリーブの瓶がある様子はない。伸也は一つずつ取り出し、そばにある台に載せていく。

ふと奥に、何が入っているのかわからない紙袋が見えた。引っ張り出して中を見ると、黒いプラスチックケースが入っている。こんなの、あっただろうか。蓋を開き――、

「だっ」

尻もちをつきそうになる。ものすごく強烈な臭いがした。チーズだ。ゴルゴンゾーラの青かびとは違う、邪悪な灰色のかびにまみれていて何かの幼虫のような虫までわいている。明らかに食べられる状態ではなかった。蓋を閉める。

なぜこんな酷い状態のチーズが？　と頭の中が激しく回転し、自分のせいだと思った。

この冷蔵庫の店用のチーズに関しては、伸也に任されている部分が大きい。半年か、ひょっとしたらもっと前に入れたものをそのまま入れっぱなしにしてしまったのだろう。

これは見つかったら、まずい。北村は覚えているだろうか。もし忘れているなら、気づかれないうちに捨ててしまったほうがいい。

「おはようございます！」

ホールから元気な宮田の声がして、飛び上がりそうになる。

「おはよう、久美ちゃん」

とにかく今は戻して、あとで捨てることにしよう。その包みを奥へ押し込み、他のケースも戻す。扉を閉めたところで、ひょいと北村が顔を覗かせた。

「片山、何やってんだよ。オリーブ切っとけって言ったろ?」

「あ、ああ……今、使い途中のものを探してまして……」

「こっちにもう出してあるよ」

「そうでしたか……」

どっと疲れた気がして立ち上がり、調理台へ向かう。たしかにピザ窯に近い位置に、オリーブの瓶が置かれていた。

「ああ、もうこんな時間か。片山、紅野さんに、トイレ掃除まだかって言ってきてくれ」

「わかりました」

ロッカールームへ足を運ぶ。扉が閉まっていて、おや、と思う。着替えのための部屋だが狭い店なので男女兼用だ。紅野と宮田、二人で入っているのだろうか。

今朝、北村園子から預かった写真のことが頭をよぎった。宮田のやつ、北村だけではなく紅野とも

――？

　恐る恐る、ドアをノックする。

「あいてまーす」

　宮田のあっけらかんとした返事が返ってきた。肩透かしをくらったような気持ちでドアを開くと、やはり狭い部屋に二人でいた。気恥ずかしそうな紅野の手には、小さなウサギのプラスチック人形が握られている。

「紅野さん……、トイレ掃除まだかって、オーナーが……」

　言いながら、紅野には小学生の娘がいたことを思い出す。宮田はその娘へのプレゼントを紅野に渡していた。仕事場でやることではないので、この部屋に二人で入った――そんなところだろう。

「ああ。ごめん。今、やる。じゃあ宮田さん、お金はあとで」

「本当にいいんですって」

　行こうとする紅野を、「紅野さん」と宮田が呼び止める。

「今夜は頑張ってくださいね、店長代理」

　今夜は北村がいないことを思い出す。自分の本来の役目を思い、はっとした。

　北村は宮田と不倫をしている――それは、二人が仲間であることを示すのではないだろうか。宮田もまた、麻薬取引に関与している？

　疑わしげな目を向けてしまっていたのだろう、

「なんですか？」

　宮田が睨みつけるような目を伸也に向けていた。

「いや……別に」

「すみません、着替えますから」

ばたん、とドアが閉められた。

＊

野菜の下ごしらえをしつつ、北村と宮田の様子をそれとなく観察する。二人とも、黙々と作業を続けている。この二人が……。やはり、本来の任務より気になってしまう。いつ、言い出すべきか。……今言うのは得策ではないだろう。北村は夕方にはいなくなる。折を見て宮田のほうに言うべきではないだろうか。——うまく宮田をつっけば、北村が取引に関与している証拠を得られるかもしれない。北村がそばにいれば、宮田は北村を頼って言い逃れるか、逆上した北村に襲われることも考えられる。こちらの素性を隠したまま、慎重に情報を得る必要がある。

出入り口のドアが開かれ、取り付けられているベルが鳴る。

「お、映里ちゃん、おはよう」「おはよう」

女子大生アルバイトの八木沼映里が出勤してきたようだ。北村と宮田がそれぞれ言ったが、二人に対する返答はなかった。伸也は気にせず、作業を続ける。

「八木沼さん、おはよう」

戸惑いがちな紅野の挨拶にも、もちろん返答はない。

「なんか今日は、尖った感じですね」

「ああ、機嫌が悪そうだ」

不倫中の二人が顔を見合わせている。

八木沼は紅野に対して異様に冷たい態度をとる。従業員の中には、八木沼は男性不信なのだと噂《うわさ》する者がいるが、そうではないだろうと伸也は思っていた。おそらく彼女は紅野に対して好意を抱いているのだ。恋慕の裏返しであういう態度をとってしまう女性を、若い頃に何人か見たことがある。もちろん伸也の思い過ごしかもしれないが、どうでもいいことだった。

予定通り、十一時に開店した。

開店してすぐは客足もまばらだが、十二時をすぎてから忙しくなるのはいつものことだった。ピザ生地を伸ばし、ソースを塗って具材を並べる。忙しいこのあいだは、ただただ料理に徹するのみ。北村の動向に気を張りすぎて、妙に怪しまれてはいけない。

「ごめーん。さっきのシーザーサラダ、イタリアンサラダの間違いだった」

紅野の声がフードカウンターの向こうから聞こえてきたのは、午後一時半頃だった。

「はーい」

宮田が間違えたサラダを厨房に下げ、イタリアンサラダを作りはじめる。

「これ、『C』だよね?」

「ちょっと曲がっているけど『I』です」

紅野と八木沼がしゃべっている。

「えー、そうなの? 『C』に見えるけどなあ」

「自分のミスを、人になすりつけないでください!」

八木沼の怒号に、体がびくりとした。駄菓子問屋の女の金切り声が耳によみがえり、脇腹の傷がうずき、手が震えた。あれ以来、不意の大声にどうしても反応してしまう。

「……もういいです。私がやります」

八木沼の、あきらめたような声が聞こえた。

＊

二時にランチ営業は終了し、休憩時間となった。伸也は常に、他の従業員と交わることなく、厨房に隠れて食事を済ませる。ここのところは奈々の作った弁当――アルミホイルに包まれた握り飯だ。北村のみならず、伸也のイタリアン嫌いは他の従業員にもなんとなく知られているようだ。別に伸也に言わせれば、握り飯のほうがピザより何倍も美味い。

十分ほどで昼食の分を食べ終わり、ホールを覗く。

「ちょっと、空き瓶捨ててきますねぇ」

宮田がそう言って、ドリンクカウンターの下に置いてあった瓶を拾い上げるところだった。彼女が裏口へ出ていくと、残ったのは北村と八木沼だけだ。

八木沼がいたのでは、宮田とのことを質《ただ》すわけにはいかない。ここは機を見て、いつもどおり厨房の中ですごそうと、丸椅子を冷蔵庫の前に引き出す。

「片山？」

北村が厨房内に入ってきた。

「なんだよお前、またこんなところで。こっちきて一緒にしゃべれよ」

「あ、いや、いいです。俺は」

「そうか。ちょっと俺、夜の仕込みを早めにやっちゃうから。チーズもチェックしとくかなあ……」

「あっ」伸也は思わず立ち上がった。

「なんだよ」

「午前中、チーズ見ておきましたから大丈夫です」

「そうか」

怪訝そうな顔をして、北村はまたホールに戻っていく。

危なかった。あのひどく腐ったチーズ。あれを北村に見つかったら何と言われるか。大丈夫だと言ったが、スキーに発《た》つ前にチェックされないとも限らない。今のうちに捨ててしまおう。

棚の下からポリ袋を一つ取る。冷蔵庫の上段の奥から紙袋を取り出し、黒いケースごと入れる。

上着の下にそれとなくポリ袋を隠し、ホールへ出る。

「ちょっと、外の空気を吸ってきます」

「ん？　おう」

北村は気にする様子もなく、八木沼と話を続けている。

紅野はいつも、裏口の外でタバコを吸う。先ほどワインボトルを捨てに行った宮田もおそらくそこにいるだろう。ポリバケツにこれを放り込んですぐに戻ってくればいい。

裏口の扉を開けると、案の定、紅野と宮田がワイン木箱をベンチ代わりに話し込んでいた。二人は同時に振り返った。

「あ。すみません。ちょっと、ゴミを」

ポリバケツの蓋を開けてポリ袋を放り込んだあとで、紅野と宮田の顔を交互に眺めた。ただ話をしていただけにしては、距離が近すぎるような気がする。今まで特に気にしていなかったが、この宮田という女は、男をたぶらかすタイプなのかもしれない。

「どうした？」

紅野の問いに、「いえ……」とだけ答えた。このまま中に戻ればいいのだ。だが、ためらっているうちに紅野のほうが立ち上がり、「それじゃあ」と入っていった。

宮田と二人きりになる。

尻ポケットに手を伸ばす。

「ちょっと、話をいいですか?」

宮田の顔が陰った。

「何ですか?」

思いがけず、ためらった。この写真を見せれば、自分が彼女と北村の秘密を知っていることを明らかにすることになる。単なる不倫ならいいが、麻薬密売組織の絡んだ関係ならもっと慎重に進めるべきではないだろうか。とりあえず、辰野に報告してからでも遅くはないだろう。

「やっぱり、今はいいです。あとで、仕事が終わったところで」

宮田は気味悪そうに顔をしかめ、何も言わずに立ち上がり、店内へ戻った。

*

それからしばらくして、ディナー営業の仕込みの時間になった。四時すぎに出発する予定の北村はまた八木沼と話を始めている。

今までも何度もしている、クワトロ・フォルマッジは食事かスイーツかという話だ。

「だって、ランチタイムに一人で来て、クワトロ・フォルマッジを頼むお客さん、いますか?」

「まあ、それは……いないかな」

八木沼はいつもどおりの主張を展開している。

「とにかく、クワトロ・フォルマッジは『ごはん』っていう感じでは頼みません。メインにもなりえません。だいたい、ハチミツ、かけるじゃないですか」

いや、あのハチミツは……と、片山はここでいつも思うのだ。

「トマトソースとかアンチョビソースでお腹いっぱいになったところに、ハチミツをかけた甘い状態で食べる。これがスイーツじゃなくてなんです?」

「ハチミツは……」仲也は口をはさんだ。「ゴルゴンゾーラが苦手な人が独特の風味を和らげて食べるためのものであって、クワトロ・フォルマッジに必ずしも必要なものじゃないのでは……」

八木沼に睨みつけられ、とたんに後悔した。なぜこんな会話に参加してしまったのか。

――チーズは食べられないのに、ハチミツがけのゴルゴンゾーラ・ピカンテだけは大丈夫という方に、悪い人はいません。

あの女のせいだ。ついつい北村に顔を向け、もとはといえばあなたのせいだと、逆恨みをしたくなる。

仲也の気持ちなど知らず、北村はにやりとした表情で木のトレイを取り出し、ランチでひとつ余ったモッツァレッラを載せる。他のチーズをいくつか切り分け、それに器用に載せると、「ちょっとホールへ」と仲也と宮田を誘った。

「みんな、ちょっといいか」

トレイを手にホールへと出ていく北村のあとを、宮田とともについていった。

「ちょうど話に出たわけだし、いい機会だから話しておこうと思う」

旅の途中で出会ったクワトロ・フォルマッジをきっかけに、チーズを食べまくった――初めてゴルゴンゾーラ・ピカンテのハチミツがけを食べさせられたときに聞かされた話だった。北村の家に招かれたときにも話していた。

「そういういきさつがあったんですか」

宮田が言った。北村が一瞬、いたずらっぽい微笑みを宮田に向けるのがわかった。知っててとぼけたのだろう。

北村はその後、四人をチーズにたとえはじめた。

「青かびに対する抵抗を取り払えば実にマイルドで親しみやすい、ゴルゴンゾーラ」

マイルドで親しみやすいというのは自分に合った表現とは思えなかった。

「ま、わずかなあいだだけでも店を預けるわけだから、この精神だけは伝えておこうと、ふと思ってな」

北村の話を、八木沼はじっと聞いていた。仕事に滞りがあるわけではないし、根は真面目な大学生なのだ。

――ところがこの八木沼が、今夜、トラブルを起こすことになった。この直後、電話でどこかに呼び出され、ディナータイムの開店時刻になっても戻ってこなかったのだ。

＊

「映里ちゃん、まだつながりませんか？」

サラダをフードカウンターに出しながら、宮田が紅野に訊ねる。返事は思わしくない。

客が徐々に入ってきて、注文が重なってきていた。ピザ生地を伸ばす手にも力が入る。

「私も運びます。片山さん、ちょっとこれお願いしていいですか」

サラダづくりを伸也に押し付けるようにして、宮田はホールへ出て行った。一人足りないのなら仕方がない。ピザを窯に入れ、焼けるあいだに預けられた仕事をこなす。ブルスケッタやカプレーゼなど、普段作っているので慣れているが、ピザは引き上げる時間が何より大切なので、同時に任されるのはかなり神経を使った。

ピザ窯でピザを焼くのは簡単そうに見えて実に難しく奥深い。まず生地はその日の温度や湿度によって伸び具合が異なる。ソースの量や具の配置だって均一にするのに神経を使うし、パーラーに載せるときにも形が崩れないようにしないとならない。それにも増して神経を使うのが、窯に入れたあとだ。その時の薪の量や燃え具合で熱は刻一刻と変わるし、火に近いほうが先に焼けるので、こまめにパーラーの先でピザを回転させる必要がある。

この店で北村についてピザを焼くうち、ベストなピザの焼き具合というものが伸也の中で出来上がっていた。しかし今夜は「これがベストだ」と胸を張って出せたピザが一枚もなかった。八木沼がいない穴を埋めるために他の料理に気をまわさなければいけないのが原因だ。気づく客のいないほどの小さな欠点ばかりだが、伸也にとっては不本意だった。

そして、八木沼が帰ってこないまま時は過ぎていった。

「もうホールのほうは大丈夫そうです」

宮田が戻ってきて、洗い物を始める。伸也は何も言わずにうなずき、厨房内の掛け時計に目をやる。九時五十五分。もう客は来ないだろう。ピザづくりに関しては惨敗だ。

そのとき——

「いらっしゃいませ、おひとり様ですか」

紅野の声が聞こえ、宮田がおや、という顔をする。

「マルゲリータね」

しばらくして紅野が伝票を置いた。ラストオーダーぎりぎりにもう一枚、チャンスが与えられた。

伸也はほぼ反射的に丸まった生地に手を伸ばす。

「この時間から、一人でですかあ？　しかも、お酒なしで」

宮田の問いに紅野は答えない。宮田はこちらに視線をやってきたが、何も言わずに生地を伸ばし、トマトソースを塗った。モッツァレッラは八個入りのパックをちょうど使い切ったところだ。奥へ行き、冷蔵庫から新しいパックを一つ取り出してきて、はさみで切った。ソースの上にモッツァレッラとバジルを載せ、窯を覗く。火はまだじゅうぶん燃えている。ブラシを差し込んで灰を払ってから、生地をパーラーに載せて窯の中に差し入れた。

焼けていくマルゲリータ。先ほどまでの忙しさが嘘のように穏やかな時間だった。こうなってくると、別のほうに思考が働く。このピッツェリアに隠された、不穏な二つの秘密――。

とりあえず、真の目的のほうはみなが帰ってからでいい。まずは、今朝、急に抱えることになったほうの秘密から確認だ。

「これが、今夜のラストオーダーになるでしょうね」

マルゲリータから目を離さず、ぼそりと言った。

「そうだと思いますけど」

洗い物をしながら宮田は答える。

「だったら今、言ってしまいます。終わった後だと、紅野さんに聞かれるかもしれないから」

宮田は手を止め、不審そうな顔を伸也に向けた。

「なんです？」

「オーナーと不倫してますよね」

「えっ――」

宮田が皿を落として割り、脇腹がずきりとする。

「失礼しましたーっ！」

ホールに向かって叫ぶ宮田。脇腹のことを悟られる前にと、ジーンズの尻ポケットから写真を取り出して突き付けた。宮田の表情が蒼白になる。しかし、伸也が知りたいのはさらに踏み込んだ事情だ。すなわち、宮田も麻薬取引に関わっているのか、それとも何も知らないただの不倫相手なのか。写真を再びポケットにしまい、揺さぶりをかけてみることにする。

「別にオーナーと結婚したいというわけでもないんでしょう。終わりにしたほうがいいんじゃないですか」

「ど、どうして、そんなことを言われなきゃいけないんですか」

宮田はしゃがんで、割れた皿の破片を拾いはじめる。「片山さんには関係ないじゃないですか」

「それが、関係あるんですよ」

宮田にとっては謎の一言だっただろう。焦っているのが空気で伝わってきた。

「ちょっと、話し合いません？」

「マルゲリータ、出ますよ」

最後の一枚くらいは、ベストな状態で客に提供したかった。

「ま、マルゲリータ、もう少しで出まーす」

宮田はホールの紅野に向かって声を出し、皿の破片をゴミ袋へ入れた。伸也はパーラーを差し入れ、マルゲリータを引き出す。マーベラス。北村ならそう言うだろう出来だった。

「はい、マルゲリータ」

調理台の上の皿に移し、宮田に差し出す。宮田は伸也と目を合わせずにそれを取り、フードカウンターに置く。ホールのほうで紅野が誰かともめている声が聞こえていた。誰か新しい客が来たのか？

「紅野さん、マルゲリータ、出ますけど」

「わあ、おいしそう！」

少女の声がした。こんな時間に少女が——？　すこぶる常識的な疑問が、伸也の頭の中に浮かぶ。だが、宮田を交えた三人の会話を漏れ聞くうち、さやかというその少女が離婚した紅野の娘で、母親と喧嘩して家出してきたらしいことがわかった。

「片山さん、ピザ窯の火、もう落としちゃいました？」

宮田に呼ばれ、フードカウンターから顔を出す。口調こそ仕事のモードだが、その目は余計なことを言わないでくれと物語っていた。

「いや、大丈夫ですよ」

こちらも仕事口調で返す。

「よかった。大丈夫だって、さやかちゃん」

「やった、ありがとうございます。じゃあ私もマルゲリータ」

「マルゲリータ、お願いしまーす」

おどけたその言い草に、宮田の焦りが見て取れた。いい調子だ。このまま彼女をつっけば、ブツのありかはすぐにわかるかもしれない。

調理台へ戻り、上機嫌でピザ生地を伸ばした。トマトソースを塗り、さっきのパックの中に残ったモッツァレッラとバジルを載せ、ピザ窯の中にパーラーで差し入れる。案外、これが今夜のベストの一枚になるかもしれないと思った、そのときだった。

ホールで皿が割れる音がした。

体がびくりと震え、脇腹の傷がうずく。両手が震える。どうして今夜はこんなに立て続けに何かが割れるのだ……厨房の奥へ戻り、息を整えた。

「ど、どうしたんです？」

ホールから、紅野の焦った声が聞こえてきた。

「大丈夫ですか！　吐き出してください！」

何かが起こっている。震える手でつかんだコップに水道水を注ぎ、一気に飲み干した。右手で左手の震えを押さえ、厨房を出ていく。

「どうしたんです？……えっ」

やせ形の男が床に倒れていた。六番テーブルの上には、さっきまでピザ窯の中にあったマルゲリータ。彼が食べたようだ。

「死んでいる……」

紅野の顔は青ざめていた。

混乱するが、冷静な観察眼が動き始めていた。麻薬取締部の研修では、様々な薬物患者の写真を見せられたものだ。中毒者との類似点、相違点を学ぶため、毒殺された遺体の写真もあった。その中の一つに似ている。

「毒ですよ。これはどう見ても、毒ですよ」

おそらく、青酸化合物だろう。

「毒？　ピザに毒が入っていたというのか？」

「わかりません。わかりませんがそういうことでしょう」

言ってしまってから気づいた。だとしたら一番怪しいのは伸也自身だ。

「いや、俺じゃないですよ」

そのとき、出入り口のドアが勢いよく開いた。

「すみませんでした！」

八木沼が飛び込んできて、頭を下げた。

「映里ちゃん……」

「えっ？」

八木沼は男に気づいたようだった。その顔を見て、彼女は明らかに驚愕した。

「どうして、この人……」

「八木沼さん、誰だか知ってるの？」

「いえ……」

明らかに動揺している。八木沼はこの男が誰だか知っている？　ということは、彼女が毒を盛ったのか？

「と、とにかく警察を！」

紅野が叫ぶ。警察。この場で彼らと顔を合わせるのはどうだろうかと、伸也は考えを巡らせた。

この状況で一番怪しいのは、ピザを作った伸也ということになる。疑いを晴らすのには身分を証明するのが手っ取り早いが、この場でそんなことができるわけはない。どうすべきか……と、思っていたら、

「いや、やめましょう」

宮田が言った。

「宮田さん、今、なんて？」

「やめましょうよ、警察は」

紅野も八木沼も唖然《あぜん》としている。しかし、伸也だけはすべてを見て取った。

やはり宮田は北村と通じ、麻薬取引にも関与している。そしてこの店に今、薬物があるのだ。警察に捜査され、それが見つかるのを恐れている。そうに違いない。

作戦変更だ。警察を呼んで身分を明かし、共に捜査してブツを見つける。その後辰野に連絡を入れ、スキー宿にいる北村のもとへマトリの仲間を差し向ける。

素早く厨房に戻り、ポケットの中のスマートフォンを取り出して一一〇番にかけた。

〈はい一一〇番〉

「もしもし？　人が死にました。毒殺されたようです」

「ちょ、ちょっと！」

宮田が慌てて厨房に戻ってくる。素早く住所と店名を告げ、通話を切る。

「何をやってるんですかっ！」宮田がスマートフォンを取り上げた。

「どうしたんです？」

勝ち誇って、伸也は訊ねた。

「警察に来られたら困る理由でも？　みなさんも気になりますよね」

ホールに通じる厨房の入り口を見やる。宮田は焦った様子で振り返る。紅野、八木沼、そして紅野の娘の、驚いた表情があった。

次にやるべきことを、伸也は知っていた。北村に連絡を取られたら、逃がすことになる。

「紅野さん、八木沼さん、何か縛るものを」

「縛るもの?」

宮田を指さし、目をぱちくりさせている紅野に、伸也は言った。

「この女を、拘束するんです」

第二章

1．紅野仁志

「宮田さんを、拘束するって？」

仁志は片山の顔を見つめた。

「そうです」

わかめのような前髪、どんよりとした両目。いつもの片山の冴《さ》えない顔だが、いつもの控えめさはそこにはなかった。口調が強く、強引だが、どことなく正義感に近いものを感じる。

「片山くん、君はいったい……」

「いい加減にしてくださいよね」

久美の声には怒気がこもっていた。

「だいたい毒で死んだんだっていうなら、マルゲリータを焼いた片山さんが一番怪しいじゃないですか。誰だか知らないけど、店が終わるギリギリに呼び出しておいて、注文をさせる。その中に毒を仕込めば、簡単に殺せる」

「フードカウンターに運んだ宮田さんにだって、毒を盛るチャンスはあった」

「それならフードカウンターからテーブルに運んだ俺にだって、チャンスはあった」

自分でも変なことを言っているなと紅野は思った。

「自白するのか、紅野さん？」

「いや、そういうわけではないが」

「それなら宮田さんだ」

「私はやって……」

と、久美の言葉が止まった。片山がその大きな手に、一枚の紙を持っている。いや、あれは紙ではなく——写真？

「俺は、秘密を知っている」

「わー、やめて！」

久美の態度が一変した。片山は語気を強めた。

「だったら言うとおりにするんだ」

久美は悔しそうな顔で何かを考えていたが、「紅野さん」と仁志のほうを向いた。

「ロッカールームのロッカーの上にロープがありますから、持ってきてください」

「えっ？」

「私を縛ってください。早く！」

自分を縛れという不可思議な要請。片山はすでにさっきの写真をジーンズの尻ポケットに戻していた。何の写真なのか？

「で、でも……」

「早くって、言われてますよ！」「パパ、早くしなよ」

八木沼にもさやかにもせっつかれ、仁志は仕方なく、ロッカールームへと向かう。

「……ちくしょう、俺、店長代理だぞ」

文句を言いながらロッカーの上にあったロープを取った。ホールに戻ってくると、久美はすでに四番テーブルの椅子を一脚、ホールのちょうど中央あたりに引き出して腰かけていた。片山の姿はなかった。

「本当に、いいの?」

訊ねると久美は、微笑みながらうなずいた。

「どうせ、警察が来たら無実だということがわかりますから」

仁志はあることを思い出した。

「そういえば宮田さん、さっき『警察を呼ぶのをやめよう』って言ってたけど、あれは……」

「訊かないでください」

シャッターを下ろすようにぴしゃりと久美は言った。

「……片山くんの持っている写真は……」

「それも訊かないで。早く、縛ってくださいよ」

「ああ……うん」

元気で可愛らしい久美のことだ。高校生のときにアイドルでもやっていたのかもしれない。片山はどこかでそのときの写真を手に入れた。昔のことなので恥ずかしくてみんなに見られたくない。……そんなところだろうか。

人を縛ったことがないのでなんともぎこちないが、仁志は久美の両手を縛ったうえで、椅子の背もたれに固定した。きつくないかと訊こうとしたところで——。

「おかしいなあ」

わが娘の声がした。直後、仁志はぎょっとした。

さやかは、死んだ男がさっきまで座っていた席の真向かいに腰かけ、何か小さな紙をテーブルの上に並べて首をひねっているのである。

「さ、さやか、お前、何やってんだ！」

仁志は飛び上がり、さやかのそばへ走った。六番テーブルの上に並べられているのは、名刺だった。ざっと、二十枚はあるだろうか。

「この人のジャケットの中にあった」

さやかは革製のカードケースを見せた。

「この人って……お前、遺体に触ったのか？」

「触ってないよ。ジャケットの内ポケットからこぼれ落ちそうだったから拾っただけ」

一緒だ。ため息をつきたくなりながら、死んだ男の顔に目をやる。光を失った両目、口元からは赤い泡が噴き出している。怖くないのか。……いや、そんなことよりも、

「さやか。こういうときは、極力現状を維持するものだ」

「うん、わかってるんだけど、気になったから」

カードケースの中からまた名刺を取り出した。最後の一枚のようだった。

「全然わかってないじゃないか。それを返しなさい」

「返しなさいって、別にパパのじゃないでしょ」

カードケースを奪い取ろうとすると、さっと身をかわし、遺体を飛び越えて三番テーブルと四番テーブルのあいだを抜けていく。追いかけるが、椅子でガードし、くるりと一回転するような余裕まで見せて逃げていく。

「さすが、バレエをやっているだけのことはあるね」

縛られている久美が笑った。厨房の奥からごそごそと音がしている。片山が片付けでもしているのだろうか。

「宮田さん、褒めている場合じゃないんだ」

「ねえパパ、その人の名刺、見てみてよ」

もう一度回転しながら、さやかは言う。

「あっ？」苛立ちを覚えながらも、テーブルの上に並べられた名刺に目をやった。すべてに、『ジェミニ企画』という会社のロゴがあるが、名前のほうは数種類あった。『安西一郎』『堂本次男』『土呂和久則』『加藤幸四郎』『参宮五郎』……。

「おかしいと思わない？」

「何がおかしいんだ」

「なんで同じ会社の人の違う名前の名刺がこんなにいっぱいあるの？」

「取引先でたくさん名刺交換をしたんだろ。別に不思議じゃない」

「名刺って普通、一人の人から一枚しかもらわないもんじゃない？」

「ん？」

テーブルの上を改めて見ると、同じ名前の名刺が数枚ずつある。『安西一郎』は三枚、『堂本次男』は二枚、『土呂和久則』にいたっては、五枚もある。

「たしかに、おかしいね」

椅子に縛られたままがたんがたんと跳ねてこちらに近づいてきた久美が、首を伸ばして見ている。

「名刺のデザインが変わったり、肩書が変わったりしたら、同じ人から二枚以上もらうこともあるかもしれないけれど、まるっきり同じ名刺が何枚も」

「どういうことだ……」

「どういうことでしょう」そう調子を合わせながらも、さやかはどことなく訳知りな様子だ。

そのさやかの向こうで、壁に背中をつけたまま、八木沼が天井を見上げていた。何か、思いつめたような、絶望を感じさせるような顔だ。

「八木沼さん」

声をかけると、彼女は仁志のほうに顔を向けた。いつものようにきつい目つきではなかった。

「はい?」

どちらかというと、哀願するような目だ。さっきも心に浮かんだ疑問を、もう一度ぶつけることにする。

「この男の人の顔を見たとき、『どうして、この人……』って言ったよね?」

「……え」

「間違っていたらごめんね。やっぱり、知ってるんじゃないの、この人のこと」

何も答えない。だがその目が、次第に怒気を含んできた。あ、いつもの感じだ。そう思いながらも口は止まらない。

「どうしてこんなに名刺がたくさんあるのかも……」

「知りません!」

びくりと全身が震えた。わかっていたのに。

「私、私……ちょっと、行ってきます!」

ロッカールームのほうへ駆けていった。

「なんなんだ、いったい」

「あんまりうるさくしないでもらえますか？」

振り返ると片山伸也が顔をしかめて立っている。左手にマルゲリータの載った皿を持ち、右手で脇腹を押さえていた。片山は皿を、すぐ近くの一番テーブルに置いた。

「お客さん、マルゲリータ、焼けましたよ」

一瞬、誰に言っているのかわからなかった。

「あ、はい」

さやかが一番テーブルに向かっていく。そういえば注文したんだっけなと、ようやく仁志は思い出していた。が……

「待てさやか！」

その手首をつかもうとするが、さっ、とまた逃げられてしまった。

「そのピザを食べるんじゃない。この男みたいになってしまうぞ」

「えー。でも、お腹空《す》いたんだし」

目の前で男が悶えて倒れたのを見てもこんなことを言える自分の娘に、呆れてしまう。

「紅野さん。俺はやってないって言ってるじゃないですか。宮田さんですよ、きっと。フードカウンターに運ぶ途中に毒を入れたんだ」

「そんなことしてないって」

縛られた久美が言い返す。

「食材の中に誤って毒が混入してしまった可能性があるだろう。とにかく、死んだ男と同じものを娘に食べさせるわけにはいかない。……おい、ダメだって言ってるだろ！」

マルゲリータを切り離している娘の手を、仁志は叩いた。

「いたっ！……じゃあ、私の晩ご飯どうするの？　お腹ぺこぺこなんだってば。もうこうなったら、出前頼もうかな」

「出前？」

「うん。《ピザ・マイム》の半額クーポン、持ってるんだよ」

「ピッツェリアにピザチェーンの出前を頼むんじゃない！」

「パンならいいんじゃないかな」

久美が口を挟んだ。

「ブルスケッタ用のバゲットがいくつか残ってたと思うけど。封をしてあるやつなら、毒が混入することはないはずです」

「お、おお、それなら。いいな、さやか」

「えー。まあ、しょうがないか」

片山がなぜか、ため息をついた。

「バゲットなら、奥にありますよ」

いつものようにどんよりした目だったが、先ほどからの行為により、何か裏があるように感じさせる。

「怪しい俺が取ってくるより、紅野さん、自分で取ってきたらどうです？」

いつもの片山からは考えられない横柄な態度だった。だが、他に手はないだろう。仕方なく片山の脇を抜けて厨房へ入る。普段は入ることのないその空間は、せせこましい。流し台には汚れたままの皿が山積みになっていて、ピザ窯からは熱気を感じる。

バゲットは、奥の棚に置かれた段ボールの箱の中に三本、残っていた。小学生が一人で食べるのは一本だって多い。パッケージを調べると、三本ともしっかり封がしてある。毒を入れるのは無理だろう。いや、注射針なら可能かと、蛍光灯の光に透かして見たが、それらしき穴は見つからなかった。

「ねえパパー、早く！」

ホールのほうから声がする。仁志は三本とも持って戻った。

「パンだけ？」

パッケージを遠慮なく破きながら、さやかは訊ねた。

「文句を言うな。他の食材には、毒が入ってるかもしれない」

「バターとか、オリーブオイルとか」

「まだ開けてない新しいのがありますよ」

無表情で片山が言った。

「勝手に開けたらオーナーが怒るだろう」

と言い返したところで、仁志は自分の言葉に、あっと叫びそうになった。

「オーナー！」

「はい？」

「この状況を、オーナーに伝えないと！」

何かあったら遠慮なく連絡しろ。北村オーナーはそう言っていたのだった。営業時間終了間際になってやってきた客が、ピザを食べて毒死。これが「何かあったら」でなくて何だろう。今の今まで連絡の一本も入れていないなんて、店長代理失格だ。それにしても、片山も久美も八木沼も、どうして誰も何も言ってくれなかったのか——そんなことを考えつつ店の電話に手を伸ばそうとすると、

「やめておきましょう」

片山が仁志の手首をつかんだ。太い指には、ピザ生地をこね回したあとの粉がついている。

「どうしてだ？」

「オーナーに知らせるのはあとでいい」

「答えになってない」

「紅野さんは、何も知らないんです」

「だから答えになっていないって……いたたたた！」

ぐっ、と片山の手に力が込められた。ラグビー選手のような体格。腕もかなり太い。ピザ生地をこねるのには力がいるが、それだけでこんな筋肉になるわけはない。普段から鍛えているのだろう。いつもは感じさせないたしかな威圧感がそこにはあった。

この男、いったい、何者だ？

「すみません、紅野さん。私からもお願いします」

遺体のそばの久美が言った。

「オーナーに、この状況は伝えないでもらえますか」

「宮田さんまで」

「本当にすみません。紅野さんは……その、知らないことです」

どういうことだ。片山と久美は二人で、何を隠しているのか。

「あーあ、パパ、何も知らないんだって。仲間外れだね、可哀想《かわいそう》」

さやかが笑いながらパンをかじる。

「お前だって、何も知らないだろう」

娘に言ってもしょうがないことだと思いつつ、思わず口にした。ところが、

「私は、あの人がどんな人か知ってるもん」

遺体を指さすさやかは目元が直子にそっくりだ。直子もまた、よくこんな物言いで勘の悪い仁志のことを馬鹿にしたものだった。

「それにね、カードケースをよくよく見たら、なんだか怪しいものを見つけたんだよ」

さやかはバゲットをテーブルの上に置き、カードケースの中からひらりと何かを取り出した。名刺よりさらに小さいサイズのビニールパッケージの中に、黄色みがかった微量の粉が入っている。パッケージの隅には、何やら青い、ガムのようなものが付着していた。

「それは！」

反応したのは、片山だった。仁志の手を放し、さやかに近づいて渡せというように手を差し出した。

さやかは素直にそれを渡した。

片山は蛍光灯にそれを透かす。裏返し、目を細め……やがて、ははははは、はははははと笑い出した。

「片山くん……」

片山がこんな風に笑うところなど見たことがない。きっと今までずっと本性を隠してきたのだ。この男が何者なのかはわからないが、ただのイタリア料理人ではないことだけはわかった。

「ついに見つけましたよ」

片山が話しかけている相手は、久美だった。

「なによ、それ。チーズ？」

「まだ白《しら》を切るんですね。いいでしょう。すべては警察が来たら明らかになる。やっと、やっと……俺の努力が実るときがきたんだ」

鼻を押さえる片山。今度は涙ぐんでいた。

「笑ったり泣いたり、忙しい人だね」さやかが冷静に突っ込んだ。

「なあ片山くん、君はいったい……」

恐る恐る話しかけるが、

「紅野さんは知らなくていいことです」

またこれだ。

「答えろよ。その粉は何なんだ？」

仁志の追及は、ドアのベルの音で遮られた。

「すみません、失礼します」

外の冷気と共に、制服を着たやせ型の警察官が入ってきた。年齢は四十くらいだろうか。

「北町《きたまち》交番の者ですが、通報されましたか？」

「ええ」

仁志より先に、片山が答える。仁志は話す権利を奪うように、ずいと片山の前に出た。

「店長代理は私です」

今夜、店を任されているのは俺だ。事情は俺が話す。

「ああ！」

警察官は仁志に目もくれずすぐに遺体に近づき、そばにしゃがみ込んだ。

「亡くなってますね」

「お客さんなんです」仁志は告げた。「店にやってきたのは二十二時少し前で……」

「あー、ちょっ、ちょっと待ってください。この方が座られていたのはどちらでしょう？」

「そこです」

仁志は六番テーブルの壁際の椅子を指さした。

「なるほど、なるほど……」と何を思ったのか、彼はしばらく椅子に近づき、クッションや背もたれを調べていたが、不意にポケットから手帳を取り出し、くるりと仁志のほうを振り返った。

「あなたは？」

「紅野仁志と申します。店長代理です」

胸を張るが、警察官は首をひねった。

「代理とおっしゃいますと、本当の店長さんは」

「今日はスキーに行っていまして、留守を任されているわけです」

「はあ、なるほど」

「それで、先ほどの続きですが……」

仁志ははやる気持ちを抑えきれずしゃべろうとするが、

「お待ちください」

また止められてしまう。

「私は交番勤務の者ですから。現在、所轄署のほうから刑事課の担当が向かっています。その担当が到着するまで現場の状況を維持するのが私の役目でして……ところでこちらの方は……」

警察官は、今気づいたように椅子に縛られている久美のほうを見る。事情をどう説明したものかと仁志は悩んだ。何しろ、片山も久美も何も話してくれないのだから。――と、仁志は違和感を覚えた。

久美が、警察官の顔をじっと見ている。そして警察官もまた、久美の顔を見て目を見開いている。

「どうかしましたか？」

警察官の肩に手を触れると、彼は「ひゃっ！」と飛び上がった。

「なんです?」

「え……ええ、ええと、なんでもありません」

「ひょっとして、二人、知り合いとか?」

「いえいえ、断じてそんなことは」

「そうですよ。初めまして」久美はにっこり微笑んだ。たしかに、知り合いなら挨拶を交わすはずだ。

「彼女が縛られている件に関しては、あとで俺から説明します」

片山が口を挟んでくる。

「店長代理の俺が話すから」

「ところで、今、お店にいらっしゃるのはこれで全員ですか?」

警察官は一同を見回した。

「いえ」ここは自分だとばかりに仁志は彼に向き直る。「もう一人、奥に」

「連れてきていただけますか?」

「私が?」

急に背筋が伸びる。八木沼がロッカールームに行ったのは、仁志が刺激したからだ。毎度のことながら何が八木沼の気にいらなかったのかわからないが、嫌われているのだから何を言っても無駄だ。また謂《いわ》れなく怒鳴られるのは嫌だ……。

「パパ、早く行ってきなよ」

さやかがせっついた。バゲットはもう半分なくなっていた。

しかたがない。仁志はロッカールームに向かう。

それにしても何なのだ、あの警察官の久美を見たときの反応は。知り合いではないと言っていたけれど、やはり怪しいと思いはじめる。二人はどこかで会っている？

なんだ、なんなんだいったい。片山も久美も警察官も、何を隠している？

だんだんと腹が立ってきた。どうしてこうも自分だけ、何もかも知らないのだ？　どうして誰も、何も教えてくれないのか？

頭の中に、かつて共に事業をしていた先輩の姿が浮かんできた。お前は知らなくていいことなんだよ——そんなふうに言われたことがあったのかもしれない。結局何も知らされないまま事業をつぶされ、金を持ち逃げされた。

そして、直子。

——こっちのことなんて何も知らないくせに。

——あんたはどうせ、何も知らないのよ。

お前が何も知らせないからじゃないか！　そう言い返せない自分がいる。いつもだ。いつもこうやって、周囲で勝手に事が進んでいき、俺は「何も知らない男」に成り下がる。

「……いいかげんにしてくれよ」

気づくと、そうつぶやいていた。

「俺は店長代理だぞ。知らなくていいことなんてあるかよ」

腹立たしさはいつしか、情けなさに変わっていた。

ロッカールームのドアには「使用中」の札がかかっていた。まさか着替え中ではないだろうが、ノックをする必要はあるだろう。苛立ったまま、八木沼と話をすべきではない。胸に手を当て、深呼吸をする。警察の人が事情を訊きたいそうだよ——それだけ告げればいいのだ。

ノックをしようと一歩近づいたそのとき、勢いよく開いたドアが仁志の顔にぶつかった。

「あ、いたっ！」

「あっ」

出てきた八木沼の手から、丸まった紙くずがぽろりと落ちた。鼻がじんじんと痛む。怒ってはいけない。鼻を押さえながらしゃがみこみ、仁志はそれを拾った。

「これ、ゴミ？　俺、捨てとくよ」

極めて愛想よく言った。

みるみる、八木沼の顔が紅潮する。両目はなぜかすでに真っ赤だった。あ、また怒鳴られるぞ……そう予感した刹那、

「何にも、知らないくせに！」

紙くずを奪い取ると、八木沼は仁志を突き飛ばすようにして、ホールへと向かっていく。仁志はその後ろ姿を目で追うしかない。

ちくしょう、なんて惨めな夜なんだ。

2. 片山伸也

「早くって、言われてますよ！」

八木沼が叫ぶ。

「パパ、早くしなよ」

突然やってきた紅野の娘もそれに追従する。悔しそうに口元を歪めながらロープを取りにロッカー

ルームへと走る紅野の後ろ姿を見て、伸也は満足した。

宮田は涼しい顔をして椅子に腰かけているが、心中は悔しいに決まっている。不倫相手と二人でクスリを楽しんできた日々に、今日で終止符が打たれてしまうのだから。あまり取り乱さないところから見て、ひょっとしたら彼女自身は常用者ではなく、北村の手伝いをしているだけかもしれない。

朝、園子から押し付けられた写真の効果は絶大だった。自分から縛られることを容認するとは意外だった。そんなにばれるのが嫌なら、不倫などしなければいいのに。……ともあれ、ふと、厨房の中が気になった。何か、忘れているような——。

「あっ」

慌てて厨房に駆け込む。マルゲリータが窯に入れっぱなしになっている。謎の男性客が毒死するというアクシデントで、すっかり取締官の気持ちになっていたが、体にしみついたピザ職人の気質も裏切ることはできない。焦げてしまったら大変だ。

思っていたより火加減が弱くなっており、心配していたほど焦げてはいなかった。パーラーを差し込み、出し入れ口の近くまで引き寄せて確認する。むしろ、いい具合だ。赤いトマトソースに溶けていくモッツァレッラ。まるで水平線に沈んでいく夕日のようだ。となれば、しんなりしたバジルはさしずめ、芸術家がスケッチのために浮かべる小舟といったところか……あと、二、三十秒、熱したほうがいい。ひょっとしたら、本日のベストが出来上がるかもしれない。

再び火の近くまで差し込んだところで、ホールが騒がしくなった。紅野が戻ってきて、宮田を縛っているようだった。本当なら戻って自分で縛ってやりたいところだが、マルゲリータの仕上げに集中したい。

紅野と娘が何か言い合いをしている。少し静かにしてもらえないだろうか。

「よし」

頃合いを見て、引き出す。完璧だった。小学生に出すにはもったいないような出来だが、今日のベストの一枚が焼けたことでよしとしよう。皿に載せ、周囲の汚れをペーパータオルで拭う。

「知りません！」

ホールから飛んできた八木沼の叫び声。ずきりと脇腹が痛み、皿を取り落としそうになる。

「……危ない」

「私、私……ちょっと、行ってきます！」

八木沼の足音が遠ざかっていく。きっとまた、紅野とひと悶着《もんちゃく》あったのだろう。いいかげんにしてほしい。皿を持ってホールへと出る。宮田はすでに、椅子に縛られていた。

「あんまりうるさくしないでもらえますか？」

一番テーブルの上にピザを載せ、紅野の娘に勧めた。彼女は嬉しそうだったが、

「待てさやか！」

紅野は毒が入っているかもしれないから食べるなと娘に言う。娘が文句を言い、それに応酬し……挙句の果てに、宮田が口をはさんで紅野の娘はブルスケッタ用のパンを食べることになった。

冷めていく、今夜のベストのマルゲリータ。廃棄決定だ。自身がイタリアン嫌いなことも含め、今夜のこの店のすべてを呪いたくなる。

追い打ちをかけるように、紅野が妙なことを言い出したのはそのすぐ後だった。

「オーナー！」

「はい？」

「この状況を、オーナーに伝えないと！」

なんて余計なことを言うんだ。電話機に伸びる紅野の手首をつかんでやめるように言った。

「どうしてだ?」

「オーナーに知らせるのはあとでいい」

「答えになってない」

北村に関しては、こちらでブツを発見次第、旅行先に仲間を仕向けるつもりだ。この店に刑事課の者がやってきたら、身分を明かす。遺体のほうは刑事に任せ、伸也は裏の物置の捜索だ。刑事が味方に付いていれば、鍵など壊したっていい。北村がいない今がチャンスなのだ。——もちろん、紅野にこんなことを説明できるわけがない。

「紅野さんは、何も知らないんです」

「だから答えになっていないって」

ぐっと紅野の手首をつかむ手に力を込めると、紅野は「いたたたた!」と身をよじらせた。威圧的な態度をとるのは得意ではないが、この場合は仕方がない。

「すみません、紅野さん。私からもお願いします」

そのとき、縛られている宮田が言った。

「オーナーに、この状況は伝えないでもらえますか」

耳を疑った。なぜだ。無論これは、伸也にとっては好都合だが、宮田としては北村にピンチを伝えたほうがいいはずだ。何か裏があるのだろうか。

すると今度は紅野の娘、さやかが、意外なことを言い出した。

「私は、あの人がどんな人か知ってるもん」

遺体を指さす。……その遺体のすぐそばの六番テーブルの上に、名刺が並べられている。

「それにね、カードケースをよくよく見たら、なんだか怪しいものを見つけたんだよ」

彼女が持っているのは革製のカードケースだ。遺体から取り出したもののようだ。そして、その中から出てきた、小さなビニールパッケージ――。

「それは！」

紅野の手を放し、娘のさやかに手を差し出す。彼女は素直に応じた。

蛍光灯にビニールパッケージをかざす。これは――コカインか？　それとも別の薬物だろうか。色は黄色みを帯びて純度は低そうだが、もちろん見た目で判別できるようなものではない。袋はどうだろう？　よくバイヤーが使うパッケージだろう。かつて、ビニール袋ごと飲み込んで飛行機に乗る運び屋がいたと、研修の時に実際に押収された薬物の写真を見せられたが、そっくりだった。

「ははははは、ははははは」

自然と笑いが漏れていた。

「片山くん……」

不審そうに声をかけてくる紅野を無視し、宮田を睨みつける。

「ついに見つけましたよ」

「なによ、それ。チーズ？」

胆の据わった女だ。顔色一つ変えずにとぼけている。

「まだ白を切るんですね。いいでしょう。すべては警察が来たら明らかになる」

すべてが明らかになる――自分の言葉に、胸の中に熱いものがこみあげてきた。センター街で辰野に声をかけられた日のこと、必死で公務員試験の勉強をしたこと、当局での退屈なデスクワーク、日暮里の駄菓子問屋で刺されたこと、大阪の調理師学校での二年間……これまでの苦労の日々が、頭の中にスライドショーのように蘇《よみがえ》ってきた。長かった。ここまで本当に、長かった。

「やっと、やっと……俺の努力が実るときがきたんだ」

今夜、麻薬取締官としてようやく活躍の日が訪れ、辰野に初めて恩返しができる。涙がこみあげそうになり、思わず鼻を押さえた。

「笑ったり泣いたり、忙しい人だね」

「なあ片山くん、君はいったい……」

また紅野が訊いてくる。

「紅野さんは知らなくていいことです」

「答えろよ。その粉は何なんだ?」

少し黙ってくれないだろうか。とそのとき、仲也を助けるかのごとく、出入り口が開かれた。

「すみません、失礼します」

やせ型の警察官が入ってきた。

「北町交番の者ですが、通報されましたか?」

「ええ」

仲也はすぐに答えた。紅野が仲也の前に、ずいと出てくる。

「店長代理は私です」

「ああ!」

警察官は遺体のそばに駆け寄り、死んでいることを確認した。その後、男が座っていた椅子を時間をかけて調べた。そんなところに何があるというのか。

遺体には慣れていないのかもしれない。見た目どおり、頼りないやつだ。やはり、所轄署から刑事が到着するまで、取締官の身分を明かさないほうがいい。

やがて警察官は紅野に話を聞きはじめた。紅野は北村が不在であることと、店長代理を任されていることなどを彼に話す。興奮しているのか、訊かれてもいないのに男が倒れたいきさつを話そうとし、「お待ちください」とたしなめられていた。

「私は交番勤務の者ですから。現在、所轄署のほうから刑事課の担当が向かっています。その担当が到着するまで現場の状況を維持するのが私の役目でして……ところでこちらの方は……」

警察官の目は、宮田に向けられた。そして、何かに気づいたように背筋を伸ばした。宮田も彼の顔をじっと見つめている。

「どうかしましたか？」

「ひゃっ！」

肩を紅野に触れられ、警察官は水でも浴びせられたかのように飛び上がった。

「なんです？」

「え……ええ、ええと、なんでもありません」

「ひょっとして、二人、知り合いとか？」

紅野がまた、てんで的外れなことを言っている。警察官はきっと、宮田が縛りつけられているのが気になっているだけだろう。

「彼女が縛られている件に関しては、あとで俺から説明します」

伸也は口を挟んだ。警察官はうなずき、

「ところで、今、お店にいらっしゃるのはこれで全員ですか？」

そう紅野に訊ねた。

八木沼のことを言うと紅野は連れてくるように命じられた。八木沼の甲高《かんだか》い怒鳴り声が聞こえてきたのは、紅野がロッカールームに向かってから一分もしないうちだった。

目を真っ赤にした八木沼がホールに駆け込んでくる。この女はこの女で本当に難しいやつだ。ほどなくして、紅野もやってきた。

「連れてきました……」

なんとも情けない、小さな声だった。

＊

中村と名乗った交番勤務の警察官に、紅野は事情を説明していく。娘のさやかや、椅子に縛られたままの宮田がいくつか補足したが、彼はほぼ正確に、あったことを告げた。

「ふうーん」

メモ帳に何かを走り書きしながら、中村は眉をひそめる。そして、

「このマルゲリータをお作りになったのは」

と顔を上げた。

「彼です」

紅野が伸也のほうを向いた。

「俺は毒など入れていない」

「ええ。もちろん疑っているわけではないんですが……今夜、他のお客さんで毒入りのピザを食べた方はいらっしゃらないんですよね。だとしたら不思議ですね。どうしてこの人だけ毒の被害に遭った

のか」

「俺以外にピザに触れたのは、フードカウンターに運んだ彼女だけだ」

「はーあ、なるほど。それで、く……宮田さんが縛られたというわけですか」

宮田に目を向ける中村。宮田は「だから私もやってないんですって！」と足をばたつかせる。

「あれ」

さやかが口を開いた。

「パパ以外の人たちって、自分の名前、言いましたっけ？　どうして宮田さんの名前、知ってるの？」

「え……？」中村はきょとんとした表情だった。

「さっき、状況を説明しているとき、紅野さん、私の名前、言いましたよね」

すぐに宮田が言った。紅野は首をかしげ、

「そうだったかな？　ああ、そうだったね」

曖昧な返事をした。

宮田と中村には面識があるのか？　紅野もその疑問はさっき差しはさんでいた。宮田の顔からは何も読み取れない。中村はすましているが、何かを隠している。そのすぐ近くにいる八木沼は——遺体を見下ろし、青ざめている。

にわかに伸也の中に疑念が浮き上がる。この男が倒れた直後、店に入ってきた八木沼は、男の正体を知っているようなそぶりを見せていた。男が麻薬組織の一員であることがはっきりした今、八木沼もまた組織に接触している可能性があるということではないだろうか。

華奢《きゃしゃ》で神経質そうな女子大生。麻薬組織に関連しているようには見えないが、人間を見た目で判断するなと、取締官になる前からさんざん辰野に言われてきた。日暮里の駄菓子問屋の一件だって、あの中年女性の見た目に騙されて失敗したのだ。

わからなくなってきた。……八木沼もまた、北村の仲間なのか？

けたたましいサイレンの音が近づいてきたのはそのときだった。出入り口の向こうに赤い光が見えた。

来た！　取締官の身分はこの面々には明かさずに事を進めるべきだろう。

「中村さん、この場を頼む」

「え？　……あ、ちょっと」

戸惑う中村の制止を無視し、伸也は外へ飛び出した。

パトカーとグレーのセダンが一台ずつ、停まっていた。それぞれから二人ずつ、降りてくる。もっとも年配の太った男性に、伸也は近づいていった。

「通報した、片山です」

「どうも。北町署の的場です」

警察バッジを見せてくる。伸也は取締官バッジを携帯していない。

「遺体は、中に？」

「ええ。関係者も皆、そろっています。しかし、中に入る前に、私の話を聞いてください」

怪訝そうに眉根を寄せる的場に、伸也は続けた。

「私は、厚生労働省所属の、麻薬取締官です」

自分の名前と、登録ナンバーを告げた。的場は疑わしげにしていたが、傍らの部下に「確認しろ」と告げ、車に戻らせた。

「しかし、麻薬取締官がなぜここに?」

的場は耳を傾けてくれるようだった。

「この《デリンコントロ》という店のオーナー、北村は、麻薬組織に通じている疑いがあります」

自分がこの店に料理人として潜入したいきさつから今日この店で起こったことまで、仲也は要点を押さえて早口で話した。的場は腕を組んで、終始疑わしげだったが、さやかが見つけたビニールパッケージを見せると、顔色を変えた。

「死んだ男が組織の一員なのは間違いありません。金を持ち逃げしたか、裏切ったか……、そこらへんの事情はわからないが、北村は今夜、彼をこの店に呼び出したのでしょう。自分には疑いがかからないように旅行を装って遠くに行き、恋人関係にある従業員の宮田に毒を盛る役目を押し付けたのです」

「い、いやしかし」的場は戸惑っている。年相応の落ち着きは持ち合わせていないようだ。「その、信ぴょう性はどれくらいなのですか。その北村という男と、その宮田という女について」

尻ポケットから写真を取り出して、彼に見せる。

「北村の妻から今朝受け取った、浮気調査の探偵が撮った写真です」

「ふーん……ん?」的場は目を見張る。「この女性、宮田、と言いましたか?」

「そうですが、何か? ひょっとしてもう何かの事件の容疑者リストに……」

「あーいやいや、ちょっとした知り合いに似ていただけで。しかし、不倫関係のことはクロかもしれないけれど、麻薬組織に関わっている確証はないんですよね」

仲也は言葉に詰まった。たしかに今のところ、確固たる証拠はない。だが……

「この店にブツが隠されているんです。そして、その場所について見当はついています。ブツを突き付け、宮田が吐いたところで、北村の旅行先に同僚を差し向け、身柄を押さえます」

「すみません」

的場の部下が携帯電話を手に戻ってきた。

「厚労省麻薬取締部の辰野さんという方とつながっています。お名前と登録番号は一致しましたが、本人確認をしたいと」

伸也は携帯電話を受け取る。

「もしもし、辰野さん。片山です」

〈おお、声はそのようだな〉

生年月日、本籍地、その他、三つほどの質問に伸也は答え、本人だと認められた。

〈正念場だな。手抜かりなくやれ〉

「はい」

警察官に戻せという辰野の命令通り、携帯電話を返す。的場の部下は辰野と二言、三言交わし、伸也は本人と認められた。

「それで、我々はどうすれば？」

的場は苦々しげな顔をして訊いた。

「実のところ、宮田のほかにも北村と通じている者がいるかもしれません。あくまで、俺の身元は明かさず、通常捜査をしてほしいのです」

「あなたはどうするんです？」

「あなた方が彼らに事情聴取をしているあいだ、裏の物置を捜索します。ブツはそこにあるはずです」

「……なるほど。おい河瀬《かわせ》、お前、片山さんを手伝ってやれ」

「はい！」最も若そうに見えるグレーのスーツの部下が、背筋を伸ばして敬礼する。的場の態度には、見張りという意図があるように見えた。気にすることはない。むしろ、手伝いがいるのは心強いことだ。

「では、ブツが出次第、そちらに向かいます」

的場は軽く手を上げげただけで、河瀬以外の二人を連れて、店内へ入っていった。その背中を見送りながら、糸鋸がロッカーにあることを思い出す。取ってくるべきか……いや、警察ならもっと強力な道具を持っているかもしれない。

「河瀬さんといったな」

「はい！」
二十五、六だろうか。返答にやけに力が入っている。
「鎖を切れるような道具を、車に積んでいないか？」

「はっ、あります！」

河瀬はセダンに近づくとトランクを開け、チェーンカッターを取り出した。

「よし、こっちへ頼む」

片山は物置へと彼を誘導した。両開きの引き戸の把手《とって》どうしがチェーンでぐるぐると巻かれ、南京錠がかかっている。

チェーンを切ってくれと言うと、河瀬は返事をし、チェーンカッターで簡単に作業を遂行した。鎖を外し、把手に手をかける。

ごごごと重い音を立て、物置の扉が開いていく。

「本当に、いいの？」

ロッカールームからロープを持ってきた紅野さんが心配そうに訊ねた。

「どうせ、警察が来たら無実だということがわかりますから」

心中、片山に対する悔しさでいっぱいだったけれど、久美は笑顔を作った。

「そういえば宮田さん、さっき『警察を呼ぶのをやめよう』って言ってたけど、あれは……」

「訊かないでください」

「……片山くんの持っている写真は……」

「それも訊かないで。早く、縛ってくださいよ」

「ああ……うん」

紅野さんはしょんぼりした感じで久美を縛りはじめる。悪いなと思ったけれど、しかたがない。

あの写真をみんなに見られてしまったら、さすがに高彦も久美との関係を絶たざるを得なくなる。悪ければ奥さんに知られ、ゲーム終了――久美の負けだ。そんなことは許されない。それにしても、片山はどこであの写真を手に入れたのだろう？　まさか、自ら撮影した？　だとしたら、尾行されていたのだろうか。

片山の目的はなんだろう？　片山が高彦に言ってしまうということはあるだろうか？　それもまずい。なんとか頼み込んで、知らないふりをしてもらわないと。

「おかしいなあ」

突然、可愛らしい声がした。紅野さんの娘、さやかちゃんだった。

見れば、テーブルの上に何か小さな紙を並べて不思議そうな顔をしている。

「さ、さやか、お前、何やってんだ！」

久美を縛り終えた紅野さんが、さやかちゃんのもとへ飛んでいく。慣れない手つきだったからうまく手首を動かせば結び目が緩まるかと思ったけれど、そんなことはなさそうだった。映里ちゃんがちらちらと久美のことを見ているようでもあったので、無駄な抵抗はやめることにする。

さやかちゃんは遺体のジャケットの内ポケットから出たカードケースを拾って、名刺をテーブルの上に並べていた。なんていたずらっ子。嫌いじゃない。

「全然わかってないじゃないか。それを返しなさい」

「返しなさいって、別にパパのじゃないでしょ」

追いかける父親の紅野さん。さやかちゃんは椅子の背後に逃げ、くるりと一回転して逃げる。ピルエットを感じさせる、ピンとした背筋だった。

「さすが、バレエをやっているだけのことはあるね」

「宮田さん、褒めている場合じゃないんだ」

「ねえパパ、その人の名刺、見てみてよ」

そんな父親に向かってさやかちゃんが言ったのは、テーブルに並べられた名刺に関する「おかしなこと」だった。同じ会社で違う名前の名刺が数種類あるのは不思議じゃないけれど、一つの名前につき、何枚もあるというのだ。

不思議そうな紅野さんとは対照的に、さやかちゃんは楽しそうだ。ただのいたずらっ子じゃなく、賢いのかもしれない。少なくとも、父親よりは——と、愉快になる。

「八木沼さん」

紅野さんが映里ちゃんに声をかけた。

「この男の人の顔を見たとき、『どうして、この人……』って言ったよね？」

「……え」

「間違っていたらごめんね。やっぱり、知ってるんじゃないの、この人のこと。どうしてこんなに名刺がたくさんあるのかも……」

「知りません！」

おや、と久美は思う。いつもの紅野さんに対する態度と同じように見えるが、目が潤んでいる。明らかに、何かを知っている。

「私、私……ちょっと、行ってきます！」

いつもながらにわけがわからないといったように、紅野さんはその後ろ姿を見送る。

「あんまりうるさくしないでもらえますか？」

片山が持ってきたマルゲリータに嬉しそうなさやかちゃん。だが、

「待てさやか！」

紅野さんは片山がマルゲリータに毒を盛ったと思っているようだった。久美に疑いの目を向けているのは気に入らないけれど、片山が怪しいという説は久美の中では薄れていた。不気味だけれど、ピザを焼くときの表情は真剣そのもの。職人気質の彼が、自分のピザを汚すとは思えない。

むしろ久美は、さっきロッカールームに消えた映里ちゃんのほうが怪しいとすら思っている。彼女はこの男が誰だか知っている。久美の勘がそう告げている。ということは、だけど、この男が倒れたときに彼女はいなかったわけだから毒を盛るのは不可能だ。

「とにかく、死んだ男と同じものを娘に食べさせるわけにはいかない。……おい、ダメだって言ってるだろ！」

「いたっ！……じゃあ、私の晩ご飯どうするの？」

紅野さんとさやかちゃんは口論を始めてしまう。見かねて久美は助言した。

「パンならいいんじゃないかな」

紅野さんの持ってきたブルスケッタ用のパンを頬張るさやかちゃんはなお不満そうだ。そんな娘に言い返しながら、紅野さんは突然、何かに気づいたように叫んだ。

「この状況を、オーナーに伝えないと！」

高彦に？

久美の頭が一気に回転する。

そりゃ紅野さんからすれば、連絡を入れないわけにはいかないだろう。でも今、高彦が戻ってきたら——？

鼻をつまむ高彦の顔が頭に浮かぶ。

警察にこの店が捜索されてあれが見つかった場合、ただではすまない。それに加えて片山の持つ写真のことも心配だ。

写真をネタに、彼が高彦を強請《ゆす》るようなことがあれば……。悔しいことに、いま現在、久美は高彦の一番の存在ではない。ばれたら久美との関係を解消すると言いかねない。それはゲームの敗北を意味する。高彦の奥さんに知られていないにもかかわらず、まったく予想もしなかった片山の横やりで敗北するなんて、耐え難い屈辱だ。なんとか、片山に交渉して、写真を高彦には見せないようにしなければ。

まったく、なんでこんなタイミングで――と、片山を忌々しい気持ちで見ていたら、

「やめておきましょう」

その片山が、電話機に伸びる紅野さんの手首をつかんだ。なんで？

「どうしてだ？」

「オーナーに知らせるのはあとでいい」

片山もまた、高彦にこの状況を知られたくはないようだった。なんだかわからないけれどこれは好都合だ。乗っかろう。

「すみません、紅野さん。私からもお願いします」

紅野さんは不思議そうに久美を見た。

「オーナーに、この状況は伝えないでもらえますか」

「宮田さんまで」

「本当にすみません。紅野さんは……その、知らないことです」

「あーあ、パパ、何も知らないんだって。仲間外れだね、可哀想」

さやかちゃんが笑いながら言った。

「お前だって、何も知らないだろう」

「私は、あの人がどんな人か知ってるもん」

遺体を指さすさやかちゃん。

「それにね、カードケースをよくよく見たら、なんだか怪しいものを見つけたんだよ」

彼女がカードケースの中から取り出したのは、小さなビニールパッケージだった。中に入っているのは――粉？

「それは！」

片山が飛び上がった。さやかちゃんから受け取ったそれを蛍光灯の光に透かし、しばらくじっと観察したあとで笑い出した。

「ははは、はははは。ついに見つけましたよ」

久美に言っているようだ。

「なによ、それ。チーズ？」

本当になんだかわからない。ただの粉チーズに見える。

「まだ白を切るんですね。いいでしょう。すべては警察が来たら明らかになる」

なにを勝ち誇ってんの？　と思っていたら、涙ぐみはじめた。

「笑ったり泣いたり、忙しい人だね」

さやかちゃんが呆れている。まったくだ。

ベルが鳴って、出入り口のドアが開く。

「すみません、失礼します。北町交番の者ですが、通報されましたか？」

警察官が到着したのだ。これで解放はされるだろう。もし店内を捜索されてあれが見つかったら、そのときはうまく注意をそらさなければならないけれど、とりあえず助かった、と、首だけでそちらを振り返り――とっさに、顔をそむけた。

嘘だ――どうして？

久美の脇を通り、警察官は遺体のそばにしゃがみこむ。その横顔を見て、久美は確信した。

中村だった。

高校の頃、深夜まで友人と遊んでいた久美を補導した警察官。その後、言葉巧みに久美を誘い、不倫の道に引きずり込んだ張本人。勤務していたのは久美の地元の交番だったはずなのに……警察内部の事情は知らないけれど、勤務地が変わることもあるのだろうか。それにしてもこんな偶然……。

「亡くなってますね」

「お客さんなんです。店にやってきたのは二十二時少し前で……」

「あー、ちょっ、ちょっと待ってください。この方が座られていたのはどちらでしょう?」

「そこです」

紅野さんと言葉を交わす彼の横顔を見て、久美は思いがけずノスタルジックな気分になっていた。考えてみれば、久美がライフワークとしている〝ゲーム〟だって、この人との出会いがきっかけだったのだ。ホテルのベッドでこの人に身を任せていたあの頃は、純情で、何もわからなかったものだ。

「なるほど、なるほど……」

久美にまったく気づく様子もなく、中村は死んだ男が座っていた椅子のクッションや背もたれを調べている。そしてまた、紅野さんと話をはじめた。その会話など、久美の頭の中には入ってこない。

中村の小ぎれいな住まいの、雲に座ったような柔らかいソファーを思い出していた。三十六歳にしては老けていたあの奥さんとはまだ続いているのだろうか。続いているだろう。警察の偉い人の娘なのだから、別れられるはずがない。

「私は交番勤務の者ですから。現在、所轄署のほうから刑事課の担当が向かっています。その担当が到着するまで現場の状況を維持するのが私の役目でして……」

と言ったところで、中村は、ようやく久美のことに気づいたようだった。といっても、なぜか従業員が一人、椅子に縛られているということを見とがめただけの話だ。

「ところでこちらの方は……」

ようやく、中村と目が合った。

瞬間、中村の目が一・五倍くらいに見開いたので思わず笑いそうになる。

こっちはずっと気づいていたよ――そう教えるつもりで、他の三人に気づかれないくらいのさじ加減で口元を緩める。中村はいっそう戸惑ったようだが、その目は泳ぐことなく、むしろしっかりと久美の顔を見据えていた。本当に意外な人に再会したとき、人はこんなふうになってしまうのかと、久美はますます笑いそうになる。

「どうかしましたか？」

「ひゃっ！」

紅野さんに触れられ、中村は飛び上がった。我慢できず、顔を伏せて噴き出した。誰にも気づかれていないようだった。

「なんです？」

「え……ええ、ええと、なんでもありません」

「ひょっとして、二人、知り合いとか？」

「いえいえ、断じてそんなことは」

「そうですよ。初めまして」

初対面ってことで――そう中村に告げるための笑顔を作った。

「彼女が縛られている件に関しては、あとで俺から説明します」

片山が口を挟んだことにより、中村はボロを出さずにすんだ。

中村に言われて紅野さんはロッカールームの映里ちゃんを呼びにいく。案の定と言おうか何と言おうか、怒鳴り声が響いて、映里ちゃんが目を真っ赤にしながら走り込んできた。少し遅れて、バツが悪そうに戻ってくる紅野さん。娘の前で、本当にかわいそうな人だ。

北町署の刑事が到着したら詳しいことをもう一度話してもらいますが、と前置きして、中村は紅野さんに事情を聞き始めた。

興奮してところどころ紅野さんが詰まってしまったときには、久美は横から口を挟んだ。その都度、中村は久美のほうをちらりと見ては「ああ」とか「そうですか」とかそっけないふうを装っていて、また笑いそうになった。周囲に過去の不倫がバレたら困るくせに、バレそうなぎりぎりのスリルにたまらない快感を覚えてしまうのが困ったところだと、久美は自分が愛しくなる。

「ふうーん」あらかたのことを聞き終え、中村は言った。

「このマルゲリータをお作りになったのは」

「彼です」

紅野さんは片山のほうを向いた。

「俺は毒など入れていない」

「ええ。もちろん疑っているわけではないんですが……今夜、他のお客さんで毒入りのピザを食べた方はいらっしゃらないんですよね」

当たり前でしょと久美は思った。遺体は一つしかないんだから。こういうとぼけたところ、ちっとも変わっていない。

「だとしたら不思議ですね。どうしてこの人だけ毒の被害に遭ったのか」

「俺以外にピザに触れたのは、フードカウンターに運んだ彼女だけだ」

片山が久美への攻撃を再開した。

「はーあ、なるほど。それで、く……宮田さんが縛られたというわけですか」

どきりとした。今、明らかに中村は「久美」と言いそうになった。顔が紅潮している。また噴き出しそうになる。まったく油断しないでよね。

「だから私もやってないんですって！」

思い切り足をばたつかせて、顔から笑顔を消しつつ、注意をそらす。大丈夫、誰も気づいていないだろう。

「あれ」

さやかちゃんが口を開いた。

「パパ以外の人たちって、自分の名前、言いましたっけ？　どうして宮田さんの名前、知ってるの？」

「え……？」

背筋を伸ばす中村。ほら見なさい。この子、鋭いんだからね。しょうがない、助け船を出そう。

「さっき、状況を説明しているとき、紅野さん、私の名前、言いましたよね」

「そうだったかな？　ああ、そうだったね」

娘と違ってぼんやりしている紅野さんはコロッと誘導された。こういうことに関しては利用価値のある人だ。

さやかちゃんはまだ疑わしげに首をひねっている。

サイレンが聞こえてきたのは、そのときだった。すぐさま出入り口の向こうに停車するパトカーが見え、一同の注目はそちらに集まった。

「中村さん、この場を頼む」

片山は言うと、返事も聞かず、外へ出ていく。

「え？　……あ、ちょっと」

さっきの動揺をまだ引きずっているのだろう、中村は片山を強く止めることはしなかった。

「いったいどういうことなんだよ」

紅野さんは頭を抱えている。

「片山くんってあんな男だったか？　なあ、宮田さん。彼は何者なんだよ」

「なんだか、警察の人みたいだったね」

さやかちゃんが口を開いた。

『中村さん、この場を頼む』なんてさ。ずいぶん慣れている感じだった」

紅野さんは中村のほうを見た。

「そうなんですか？　彼は、警察官なんですか？　まさか……潜入捜査？」

「落ち着いてください。知りません。私はあの人が誰だか」

中村はメモ帳をポケットにしまいつつ、紅野さんをなだめるが、紅野さんはすっかり取り乱していた。

「だけどおかしいじゃないですか。ついさっきの営業時間までは、いつもの、ぬぼーっとした暗い男だったんですよ。それが、中身がすっかり入れ替わっちゃったみたいで……。それに、ピザを作ったのは片山くんだ。ねえ、このまま外に出してしまっていいんですか、ねえ！」

中村の制服に縋《すが》りつく紅野さん。すると――、

「触るな！」

中村は紅野さんをどん、と突き飛ばした。久美は驚いた。こんな強い口調でしゃべるイメージはない。二、三歩よろけた紅野さんも愕然としていた。

「……し、失礼」

中村は謝った。

「そうやって縋ってきて、懐中から物を抜き取るスリが、管内で多発しているのです。つい癖で。大丈夫でしたか」

そう言いながら、上着の右ポケットをしきりに気にしている。

「あ、ああ、こちらこそ失礼しました」

紅野さんは頭を下げる。

「ところで、オーナーにはやはり連絡を入れたほうがいいと思うのですが」

だからそれはまずいんだって。

「あっ、あの！」思わず慌てたような声になってしまった。

「紅野さん。そろそろこのロープ、ほどいてくれませんか？」

「えっ？」

「片山さんも行っちゃったことだし、大丈夫でしょう。ねえ、中村さん。刑事さんたちが大勢来ちゃったんだから、たとえ私が犯人だとしてももう、逃げられない。違いますか」

中村の目を、真正面から見据えてやった。中村は哀れなくらい戸惑っていた。かつての不倫相手に見つめられた男の顔とはこういうものかと、ゾクゾクする。

「え、ええ、そうですね――」

中村が答え、「それなら」と紅野さんがロープをほどきはじめる。

「縛ってくれって言ったり、ほどいてくれって言ったり、変なの」

一人冷静なさやかちゃんの言葉が、久美の思考を掻き乱す。この子、黙っていてくれないだろうか。

「はい、ほどいたよ」

紅野さんが言った。久美は縛られていた両手を膝のほうへ持っていきながら、考えを整理する。

高彦への連絡を阻止することもそうだけれど、もう一つ大きな問題が迫っている。あれのことだ。厨房を捜索されることがあれば、あれが発見される恐れがある。むろん、日本の刑事があれを一目見て即座に事の重大さに気づくとは思えないけれど、用心に越したことはない。刑事たちを、厨房に入らせないようにしなければ。

出入り口が開いた。

「失礼します」

二人の部下を引き連れて入ってきた、でっぷりとした体形の刑事――その顔を見た瞬間、久美は飛び上がりそうになる。

「あがっ！」

彼のほうも、久美の顔を見て変な声を上げた。

的場だった。

昨日会っていた元不倫相手だ。

刑事？　会社員だって言っていたのに……また口元がほころびそうになる。

「どうかしましたか、的場さん？」

眼鏡をかけた真面目そうな部下が訊ねる。

「いや、風邪気味でな。咳《せき》が出ただけだ」

「咳ですか、今の？」

「北町署の的場と申します。今からこの現場は私が取り仕切ります」

久美から目をそらしつつ、的場は声を張り上げる。中村が背筋を伸ばして敬礼する。かつての不倫相手が、もう一人の元不倫相手に向かって敬礼――しかも、お互いを知らないときている。なんだろう、この状況は。

「刑事さん。私が店長代理の紅野です」

久美のゲームに参加していない紅野さんがしゃしゃり出た。

「伺っております。オーナーはスキーで不在だと」

「そうです。そして、なんだか様々な邪魔がありまして、この状況をまだオーナー本人に報告していないのです」

また余計なことを！

「私にはオーナーに報告する責任が……」

「ああ、それに関してなのですが」的場は紅野さんの口をふさぐように右手を軽く上げた。

「北村オーナーへの連絡は、今はしないでください」

「はい？」

紅野さんは目をぱちくりさせた。

「どうしてです？」

「それはですね……ええと、こちらの事情です。あなたは、知らなくていいことです」

紅野さんの顔はみるみる紅潮していく。

「またかよっ！」

その後、的場たちの後からやってきた鑑識官たちが、遺体の周辺を調べはじめた。

久美たち《デリンコントロ》の従業員三人とさやかちゃんは、出入り口に近い一番テーブルと二番テーブルの椅子に座らされていた。的場が事情聴取をし、その横で眼鏡をかけた部下の一人がせっせとメモを取っている。中村はその部下のそばに手持ち無沙汰な様子で佇んでいた。

「ねえ、片山さんっていう人は？」

三十分ほどで一通りの聴取が終わったところで、さやかちゃんが不意に言った。

「あ、ああ、あの人はいいんだ」

的場が答える。紅野さんの目が吊り上がった。

「いいって何ですか？　彼はいったい、何者なんですか」

「いいんです」

「だから！　どうして誰も何も教えてくれないんだ!?」

立ち上がる紅野さん。

「落ち着きなさい。あなた、さっきから興奮しすぎるな」

「私は店長代理だ。今夜はこの店を任されているんです」

「わかっています。時が来たら教えますから」

「時が来たらって……」

「座りなよ、パパ」

落ち着き払っているのはやはり、娘のほうだった。

「刑事さん、私、この男の人について考えたことがあるんだ」

「何だって？」

不意を衝《つ》かれたのだろう、的場は眉をひそめた。

「ああ、そういえばさっきもそんなことを言っていたね」久美は言った。この鋭い小学生は要注意人物だけど、男の正体は気になる。的場は何とも言えない表情を久美に向けたあとで、さやかちゃんを見る。

「どういうことかな?」

「死んだ人の名刺、見たでしょ?」

テーブルの上に並べられた名刺に、一同の注目が集まった。

「同じ名前の名刺が何枚かずつ。しかも全部同じ会社名。おかしいのはそれだけじゃないよ。ジェミニ企画っていう会社名だけあって、メールアドレスは一応ちゃんとしているけれど、電話番号が携帯しか載っていない。こういうのって普通、固定電話を書くものじゃない?」

小学生のくせに、ずいぶん詳しい。

「だから、どうしたというんだね?」

的場は次第にイライラしてきているようだった。その姿が滑稽だ。

「この名刺は交換したものじゃなくて、この人自身が使い分けていた物だと思う。全部、偽名だよ。多分この人、詐欺師」

的場と紅野さんが同時に「詐欺師ぃ?」と反応した。久美も驚いたけれど、ただ一人、ひゅっ、と妙な感じで息を吸い込んだ人物がいたことを久美は見逃さなかった。映里ちゃんだ。

「詐欺師だなんて、小学生が言うものじゃないよ。偽名だって証拠もないだろう?」

的場はあしらうように言うけれど、さやかちゃんは引かない。それどころか勝手に名刺の並んでいるテーブルまで歩いていく。

「この名前、よく見てね」

久美も首を伸ばして、名刺を見る。――『安西一郎』『堂本次男』『土呂和久則』『加藤幸四郎』『参宮五郎』

「……何が言いたいんだ」

さやかちゃんは『土呂和久則』の名刺を指さす。

「珍しい名前。なんて読むんだろ?」

「どろわ、もしくは、とろわ……」

「本当にある名前かな?」

「知らん。だが、そんなのは、偽名の証拠にはならん」

「『安西一郎』は、アン」

「ん?」

「『堂本次男』はドゥ」

それぞれの名前の一番初めの文字を言っているらしい。でも、どこかで聞いたことがあるような響きだ。アン、ドゥ……?

「トロワか!」

的場の傍《そば》で聞いていた眼鏡の刑事が手を打った。

「なんだ、増渕《ますぶち》?」

「アン、ドゥ、トロワ。フランス語で1、2、3という意味です」

さやかちゃんはご名答、というようにその増渕という刑事の顔を指さす。

「4はquatre《カトル》で『加藤』。5はcinq《サンク》で『参宮』……すごい」

増渕の補足に、的場も納得したようだった。さやかちゃんは得意げに続けた。

「きっと、お客さんごとに名前を使い分けていたんだよ。ネット上に名前を書きこまれても、他のお客さんにわからないように。数字をもとにしたのは、お客さんの整理のためと、ちょっとした遊び心だろうね」

なんていう小学生だろう、と久美は感心した。紅野さんの娘とは思えない。小学生なのにフランス語なんて、どうして知っているのか……と、思い当たることがあった。アン・ドゥ・トロワといえば……。

「さすが、バレエをやっているだけのことはあるね」

まさか一晩で二度も、こんなセリフを吐くことになるとは思わなかった。久美の言った意味がわかったようで、さやかちゃんはピースサインを送ってくる。

「すごいな、さやか」紅野さんは嬉しそうだった。「だがいったい、何の詐欺なんだ?」

「わからないけど、このジェミニ企画のロゴ、本を開いたような形になってる。ということは、出版詐欺じゃないかな」

ひゅっ、とまた映里ちゃんが妙な息遣いを見せた。その顔は、カマンベールチーズのように白くなっていて、テーブルの一点を見つめている。

「本にしたい原稿を探しています、みたいな広告を新聞に出してさ、興味を持って連絡をしてきた人に『半額はうちが負担するからぜひ出版しましょう』って持ちかけて、出版費用を出させる。お金を受け取ったところで逃げちゃうっていう手口だよね」

「さやか、お前どうしてそんなことを知っているんだ?」

「ずいぶんと前からある手口ですよ」

増渕が言った。

「ニュースでも一時期よくやっていましたな。それを見たんじゃないのかな?」

部下に的場が続くと、さやかちゃんは小さくうなずく。

「最近では文章だけではなく、ネット上でイラストを公開している者に『イラスト集を出さないか』と近づくケースも増えているらしい。ふん……なるほど。詐欺師なら恨みを買っていてもおかしくはないか」

「ちょっと、すみません」

わざとよそよそしい敬語で、久美は的場に話しかける。的場はどこか嬉しそうに片方の眉を上げた。嫌いな仕草だったが、今はそんなことはどうでもいい。

「そこのところ、詳しそうな人が……」

と映里ちゃんを指さす。物静かに見えて、膝の上の握りこぶしがぷるぷると震えているのが、久美の位置からはよく見えた。

「映里ちゃん」

穏やかに話しかけると、映里ちゃんははっと顔を上げた。

「何か、知っているよね？」

久美の顔を見つめる映里ちゃんの、固く閉ざされた唇が歪んでいく。躊躇する沈黙があったあとで、

「……はい」

映里ちゃんはついに言った。

「亡くなった男性は、私の前では『土呂和久則』と名乗っていました」

「と、いうことは？」

的場は腰をかがめ、映里ちゃんと目線を合わせる。

「私はこの人にイラスト集の出版を勧められ、お金を持ち逃げされたんです」

＊

映里ちゃんは涙ながらに事情を話した。聞けば聞くほど可哀想で、ご飯でもおごりたくなるような話だった。夜シフトに来られなかった理由も、その詐欺集団にほとんど拉致のような形で連れ去られて、足止めされていたからだと知ったとき、久美は今日の忙しさを思い出し、死んだ男が憎らしくなった。

ネットで上げていたイラストを本にすると持ちかけ、お金を持ち逃げする——久美自身はイラスト集を出版するなんていうロマンチックな夢などつゆほども抱いたことはないけれど、これがどれだけ卑劣な行為なのかはわかる。

ましてや、好きな人に過剰なまでに冷たい態度を取ってしまうほどシャイな映里ちゃんの性格を考えると、騙された事実を告白するのだってかなり勇気がいっただろう。

「なるほど、事情はわかりました」

的場の言葉はひどく形式的だった。この男に映里ちゃんの繊細さなどわかるわけはないのだ。

「しかしそうなると、あなたには動機があることになる」

「えっ？　私、やっていません」

映里ちゃんは顔をふるふると振った。

「ちょっとあんたね、映里ちゃんがやったっていうの⁉」

久美は思わずテーブルを叩いて立ち上がった。パスタの食べ方の汚さを、ここで暴露してやろうかと思うくらいだった。久美の変わりように、的場はびくりとして一歩、後ずさった。

「宮田さん。警察の人にそんな態度はダメだよ」
紅野さんの言葉に冷静になる。そうか、的場は「警察の人」だった。……裏事情を知らないという
ことは時に頼りになることもある。紅野さんは的場のほうに顔を向けた。
「八木沼さんには無理ですよ。彼が倒れたときにはこの店にいなかったんだから。それは、われわれ
三人が——片山くんは今、どこかに行ってしまったけれど、とにかく、私と宮田さんが証明できま
す」
「何も、毒はこの店で仕込まれたとは限らんでしょう」
的場は久美のほうを見ないようにしながら、体勢を立て直した。
「カプセルを使ったか、遅効性の毒を使ったか。とにかく、店の外で被害者に毒を含ませ、店に送り
込んだ。ちょうどピザを食べたところで倒れたから、ピザに毒が仕込まれたように見えた。こういう
ことはじゅうぶん考えられるでしょう」
「私、やってません！」
「いずれにせよ、一度、署でお話を聞かなければならないのは間違いありません」
「そんな……」
なんてわからずやなのだ。これはひょっとして私への当てつけだろうかと久美は勘繰った。もう会
わないと言ったことを恨んでいるのだ。それで、同じ店で働く映里ちゃんをいじめようというのか。
許せない。
今度は言葉に気をつけて抗議してやろうと思ったそのとき、勢いよく出入り口が開いた。
片山と、初見の刑事が立っている。的場はすばやく片山に近づいて言った。
「ありましたか？」

「ない！」

的場の問いに片山は大声で答える。

「やっぱり仲間だろ、あんたら！」

紅野さんが立ち上がり、片山と的場を交互に指さした。

「こうなったら本当のことを話し、さらに捜索を進める……ん？」

片山は的場を押しのけ、こちらにやってくる。てっきり紅野さんの前に行くかと思ったら、久美の前で足を止めた。

「どうして、縛られていないんだ？」

「あ……あの、私が許可しました」

中村が言った。片山はすぐにつかみかかる。

「頼むと言っただろ！　これがどんなに大変なことかわかるか！」

「触るなっ！」

どこにそんな力があるのか、中村は片山の体を押し返す。片山は弾き飛ばされ、三番テーブルにぶつかった。

「す……すみません。最近、スリに敏感なもので」

片山はむっとしながらも調理服の胸のあたりをぱんぱんとはたき、なぜか久美を睨みつけた。

「こうなったら、はっきり言ってやる」

「な、なによ？」

「俺は、厚生労働省に所属する麻薬取締官だ」

店内は静けさに沈んだ。まるで、誰もが言葉の発し方を忘れてしまったかのような静けさだった。

こっそり中村のほうを見る。この人、何を言っているんだと、中村のほうこそ久美に訊きたそうな目をしていた。

「厚生労働省って、政府機関のあれ？」

紅野さんが訊ねる。

「他に厚生労働省がありますか」

「大丈夫か？　今日、だいぶおかしいぞ」

「本当のことです」落ち着き払った声で、横から的場が口を出す。「先ほど、当該の部署に連絡し、こちらの片山伸也さんの上司に確認しました」

「いや、どう見てもイタリア料理人だろう」

「潜入していたんですよ、二年間も……正確に言えば、その前の一年間、料理学校に通う準備期間もあった」

まさか、と鼻で笑う紅野さんとは対照的に、

「それでですか……」

と、映里ちゃんがどこか納得したようにつぶやいた。

「片山さん、あんまりイタリアン、好きじゃないですよね。お昼ご飯のときも、こっそり、おにぎり食べてますし」

「『あんまり』じゃない。『まったく』だ。トマトソースもオリーブオイルもチーズも、大っ嫌いだ！」

「あんなにおいしそうなマルゲリータを焼いておいて？」

さやかちゃんが、フードカウンターに追いやられた皿を指さす。

「任務なんでな。潜入を疑われないために腕だけは磨いた。正直なところ、その日最高の一枚が焼けた時には小さくガッツポーズするほどには、ピザを焼くのが好きになったよ」

「わからないよ、片山くん」紅野さんが手を頭にやる。「なんでそこまでして、この店に勤めていたんだ？」

「この店のオーナー、北村高彦が、麻薬の密売に関わっているという情報があったからですよ」

頭に鉄骨が落ちてきたような衝撃を、久美は覚えた。

「ちょ、ちょっとあんた、何を言ってるの？　高彦が麻薬なんて……」

「高彦？」

中村が久美を見つめる。しまった……。

「ははは！　ボロを出しましたね宮田さん。あなたも取引に関わっていることを白状したようなものだ。あなた方は協力し、俺たちの目を欺いてこの店で取引をしていた」

「いやいや、知らないって」

そうか、それで彼は高彦と私を尾行していたのか。久美の脳が高速回転する。麻薬のことなんててんで的外れだけれど、片山は不倫のことをしゃべってしまう流れだ。こんなに大人数の前でばらされたら、もう高彦の奥さんに知られるのは免れない。なんとかそれだけは阻止しないと——！

「死んだ男はおそらく、麻薬取引に関わっていた人間でしょう」

片山は不倫のことではなく死んだ男の話を始めた。なんだかわからないけど、助かった。

「これがその証拠だ」

ポケットから、片山は何かを取り出す。黄色がかった粉の入ったビニールパッケージ。

「この色、この質感。純度は低いが、おそらくコカインだろう」

「違います」

映里ちゃんが小さく否定した。

「この人は、詐欺師です」

「ん？」

「引っかかった私が言うのだから間違いありません。詐欺師です」

「八木沼さん、君は何を言うんだ？」

「片山さん」と、的場が出てきた。「今、そういう結論になったんです。この男は、出版詐欺を働く組織の一味だと」

不在の間のことを的場から聞かされ、片山の顔に焦りが見えた。

「そんな……。いやしかし、この店が取引に関わっているという疑いが晴れたわけじゃない。オーナーとこの女だって」

また話題が不倫のほうに戻ってきた！　まずいまずいまずい。

「そう、そうよ！」久美は立ち上がり、遺体を指さす。「この人が麻薬を持っていた事実は変わらない。出版詐欺師で、麻薬取引の人なのかもしれない。この人のこと、もっと調べたほうがいい！」

「それは、自分が取引に関わっていることを認めるということか？」

片山が意地悪く詰め寄ってくる。

「認めないし、オーナーも関わっていないと思う。だけど、この人と麻薬の関わりは調べないといけない。正義の名のもとに！」

なんで一介のピッツェリアの従業員がこんなに正義に熱くならなきゃいけないのかと自分でおかしく思いつつも、力強く言い放つ。片山はいつものようにどんよりした目でしばらく考えていたが、やがてにやりと笑った。

「よし、それじゃあ正義の名のもとにもう一度捜索だ。やっぱり店の中でしょう。河瀬くん、厨房の中だ」

「はい」

片山と一緒に入ってきた刑事が厨房へ向かう。……それはそれでまた、まずい。あれが……。

「ちょっと待って片山さん。厨房の中なんて、いつも見ているでしょ？　そんな怪しい物、あったら片山さんが一番初めに気づいているはずです」

「一番身近なところだから、見落としていることもあるんですよ。的場さん、彼女が動かないように見張っていてください」

威圧的に言うと、片山は厨房へ消えた。的場は遠慮がちに両手を広げ、久美の前に立ちはだかっている。

きっと片山は小さいほうの冷蔵庫の、高彦がプライベート用のチーズをしまっておく下段を調べるだろう。あれに気づかれたら……。ここはもう、捨て身の作戦しかない。

「あーっ、痛い！」

久美は立ち上がり、両手で喉を押さえてホールの床にしゃがみこんだ。

「ど、どうしたの、宮田さん？」

紅野さんの心配する声がした。

「喉が痛い、気持ち悪い。私も、毒を飲まされたかも。的場さん……でしたっけ、ちょっと、こっちに」

的場が近づいてきた。

「だ、大丈夫ですか？」

久美は的場の耳に口を近づけ、出しうる最小の声で、

「二人で話をしたい」

と言った。

「……えっ？」

だぶついた頬に喜色が浮かぶのを、久美は見落とさなかった。声のボリュームを通常に戻す。

「ちょっと、外に空気を吸いに行きたいです。そうしたら、治る気がします」

「わかりました。それじゃあ、行きましょう」

「今、見張ってろって言われたばっかりなのに」

さやかちゃんが至極まっとうなことを指摘するが、的場は「私が見張っているからいいんだ」と久美の肩に手をやってきた。下心見え見えだが、この際、しょうがない。久美も心持ち、的場のほうに体を近づける。そのまま、出入り口から出た。

コートを着ない十二月の外気。体の中まで凍りそうだ。だが、ここにいたらガラス越しに何かを勘繰られるかもしれない。

「……あっちに行こう」

的場を促し、厨房裏手のほうへ足を運んだ。

物置の鍵が壊され、開け放たれている。誰もいない。

「この店のオーナーと付き合っているんだってな」

周囲を見回して誰にも聞こえないのを確認してから、的場のほうが先に口を開いた。拗《す》ねた様子だ。唇を尖らせて……五十過ぎだっていうのに。

「さっき、片山さんから写真を見せられたぞ」

「えっ?」

あいつ……! だけど、まだ大丈夫。むしろここが腕の見せどころだ。

「黙っていてゴメン。甘い言葉をかけられてね。でもすぐに飽きられて捨てられちゃったの」

「捨てられた? 久美が?」

「私、魅力的じゃないのかなあ」

寂しげな顔を作って、足元を見る。

「そんなことはない。魅力的だよ、君は」

よし。久美は顔を上げた。

「そんなことより、刑事だったなんてびっくり」

「言ってなかったか?」

「聞いてないよ。でも、嬉しかった。昨日、素直になれなくて、冷たい感じで別れちゃったから。『もう会いたくない』なんて言ったの、本当は嘘。また会いたいと思っていたの。そうしたら、こんなふうに再会できて、本当に……」

「運命だな」

さっきまでの不機嫌さはどこへいったのか、歯の浮くようなことを言う。

「うん」

額を、ワイシャツの胸につけてやった。

「また会ってくれる?」

「もちろんだ。今度は、クルージングに行こう。工場ナイトツアーって知っているか? 大田区あたりの臨海工業地帯をクルーズするんだ。海から、立ち並ぶ工場を見るのさ。巨大な鉄の建造物がライトの中に浮かび上がる姿は、幻想の世界なんだそうだ」

「へぇーっ。素敵」

まったく興味がない。

「いつ行く？　久美の仕事はいつが休みなんだ？」

「不定休なの。だから私から連絡する」

「そうか。なるべく早く――」

「ねえ、それより的場さんは、私のこと、疑ってなんかないよね？　麻薬とかなんとか」

「当たり前だ。久美がそんなことをするわけがないだろう」

「ありがとう。……ひとつ、お願いを聞いてもらってもいい？」

「なんだ？」

久美は的場の顔を見上げた。

「厨房の冷蔵庫の中に、腐ったチーズがあるの。蠅《はえ》のウジがわいちゃってる感じの」

「ウジだって？」

的場は顔をしかめる。当然の反応だ。

「そのチーズを見つけても、見なかったことにしてくれない？　部下の人や片山さんが捨てるとか言っても、なんとか言いくるめて」

「しかし、腐ったチーズなんかとっておいたら衛生的に悪いだろう」

「何も聞かないで、お願い！」

久美がそのだぶついた腹に抱き付くと、「おおぅ」と的場は嬉しそうな声を上げた。

「わかったよ。久美が言うならそうする」

「ありがとう。クルージング、楽しみにしてるね」

がたん、と音が鳴ったのはそのときだった。

見ると、建物の裏口のほうの陰から映里ちゃんが飛び出してきた。

「映里ちゃん……」

慌てて的場から離れる。あー、んん、と的場は咳ばらいをしながら、久美に背を向けた。

映里ちゃんはこちらを見て固まっている。

「どうして?」

中で待っていると思っていたのに。まずいところを見られた。なんとごまかすか……。

「ウジのわいたチーズって」

ところが、映里ちゃんの口から出た言葉は、まったく久美の予想外だった。

「まさか、カース・マルツゥですか?」

質すより先に、足が動いた。怯《おび》えている映里ちゃんに駆け寄り、壁際に追いつめる。

「どうして、知ってるの?」

「どうして……って」

映里ちゃんの顔は、そのチーズに関することをすべて知っていると物語っていた。この子に秘密を握られたと思った瞬間、腹立たしくなった。

さっき同情してやったのに!

彼女の襟元を両手でつかんだ。身長は久美のほうが低いが、映里ちゃんは無抵抗に目を潤ませている。

「しゃべったら、バラすよ」

「バラすって？」

映里ちゃんの耳元に、思い切り口を近づけ、低い声で告げる。

「映里ちゃんが、紅野さんのことを、好きだってこと」

はっと映里ちゃんの目が見開いた。青白い光の中で、自分の笑みはさぞ残忍なのだろうと、久美は思った。

4．八木沼映里

どうして私はいつも、こうなんだろう――。

鍵をかけたロッカールームの椅子に腰掛け、映里は頭を抱えている。

自転車で《デリンコントロ》に帰ってきて、とにかく謝りに謝って、今日限りでバイトを辞める。そう思って扉を開いて目に飛び込んできたのは、床に倒れた土呂和久則だった。口から血を流していて、死んでいるという。

どうして――？

混乱する映里の目に、もう一人のお客さんが飛び込んできた。小学生の女の子。

さやかというその子が紅野さんの娘と知り、心臓がぎゅっとつかまれたような気になった。

紅野さんは一度結婚していて、前妻との間に娘が一人いる。――情報として知っていたその事実が、今、現実となった。

ショックというのとは違う。嫉妬というのともどこか違う。紅野さんに、映里の知らない女の人と暮らしていた事実があるという重みが、のしかかってきた。

悔しい、と思った。

もっと早く生まれていたら。もっと紅野さんに出会うのが早かったら。私だったら、紅野さんと離婚なんかしないのに。悔やんでもどうしようもないというのはわかっているのに、心に悔恨が浮かんでしょうがない。

その気持ちと戦いながらただ黙っていると、いつの間にか片山さんの態度が変わっていた。

いつもの無口な雰囲気はなくなり、なぜか土呂和を殺害した犯人として宮田さんに疑いの目を向け、紅野さんに命じて宮田さんを縛らせた。

さやかちゃんは土呂和のジャケットの内ポケットから出したカードケースの名刺をテーブルに並べて、紅野さんが止めようとして、また親子の喧嘩。映里の知らない「パパ」の紅野さんがいて、その姿が何とも可愛らしくて、好きで、好きで、悔しくなる。

「八木沼さん」

不意に紅野さんに話しかけられて、「はい?」と返事をした。

「この男の人の顔を見たとき、『どうして、この人……』って言ったよね?」

「……え」

「間違っていたらごめんね。やっぱり、知ってるんじゃないの、この人のこと。どうしてこんなに名刺がたくさんあるのかも……」

この人とは土呂和のことらしかった。だが、思考がついていかない。名刺? 私がこんなにあなたのことを想って切ないのに、どうしてそんなに冷静でいられるの?

「知りません!」

気づいたら叫んでいた。紅野さんは青ざめた。

「私、私……ちょっと、行ってきます！」

一人になりたくてロッカールームに向かう。

「なんなんだ、いったい」

背中越しに紅野さんの声が聞こえた。

ロッカールームに入り、鍵を閉め、椅子に腰を下ろす。両手で顔を覆った。なんなんだ、いったい――紅野さんの声が胸をめぐる。そんなの、私が知りたい。どうして紅野さんのことがこんなに好きなのか、わからない。悔しがってもしょうがないことをどうして悔しく思うのか、知りたくてしょうがない。

つらい。紅野さんの顔を見るのも、娘のさやかちゃんの顔を見るのも。何にも増して、二人の仲の良い会話を聞いているのが、つらい。

しばらくそうしていて、バッグの中から手帳を取り出した。手帳のポケットからくしゃくしゃにされたメモ帳の切れ端を出す。

――ティッシュありがとう。新しいのを置いておきます。

アルバイトを始めて間もない頃、真新しいポケットティッシュに添えられていたメモ書き。ずっと大事に取ってある。傍から見たら、惨めな姿なのだろう。どうしてこうなんだろうと、情けなくなる。

捨てよう。

そうだ、捨ててしまおう。

狭いロッカールーム内にゴミ箱はない。裏口の、生ゴミを捨てるポリバケツだ。あそこならいい。こんなくだらない執着、生ゴミにまみれて消えてしまえ！

気持ちが揺らぐ前に、と、施錠を解き、勢いよくドアを開けた瞬間、何かにぶつかった。

「あ、いたっ！」

「あっ」

紅野さんだった。紅野さんは映里に文句を言うこともなく、鼻を押さえて足元を見る。そして、ひょいと、メモを拾い上げた。動揺して、手からメモ書きが落ちたことに気づいていなかった。

「これ、ゴミ？　俺、捨てとくよ」

腹立たしいほどの、優しい笑顔。

紅野さんは、自分のメモ書きだと気づいていない。当然だ。普通は、すぐに捨てられてしまってもおかしくないものなのだから、忘れているに違いない。でもそれは、映里にとってはずっと大事で、今まさに、手放そうとしていたものなのだ。

「何にも、知らないくせに！」

メモを奪い取った。紅野さんを突き飛ばすようにして、ホールへ向かう。

捨てられない。捨てられるわけがない。

ホールには、警察官が一人来ていた。

「ああ、あなたがもう一人の従業員さんですか」

軽くうなずき、遺体のそばを通り抜けて、壁際に移動する。娘のさやかちゃんと目が合って、すぐにそらした。遅れて、紅野さんがやってきた。

「連れてきました……すみません、これで全員です」

「わかりました。あらためまして皆さん、私は北町交番の中村といいます。ええと、ただいま北町署の刑事が向かっておりまして、到着したら詳しいことをもう一度話してもらいますが、初めに少しお聞きしておきましょう。代表して紅野さん、何があったのか、ざっとお話ししてくださいますか」

「は、はい」

緊張したように、紅野さんは背筋を伸ばした。こういう頼りないところも、なんかいいのだ。

紅野さんは土呂和が店にやってきたときのことから話した。ひょっとしたら自分に会いにきたのかも……と映里は思っていたが、話を聞く限り、どうもそんな感じではない。

「本当ならずっと見ていたいほど変な客だと思っていたのですが、邪魔が入りまして」

紅野さんは頭を搔いた。

「邪魔?」

「はい。娘が来店したんです」

中村さんと共に、映里はさやかちゃんを見る。またさやかちゃんと目が合って、微笑みかけられた。可愛い顔だ、と思った。紅野さんとは似ていない。美人というより、愛嬌がある可愛らしさだ。

紅野さんが知らない女の人との間に子どもを作ったという事実は悔しい。けれど、この子自体には不思議と恨みも憎しみもわいてこない。不当な感情を抱いているのは自分のほうだという常識的な考えまでは、映里だって失ってはいない。

また思考が散漫になって紅野さんの話を少し聞き逃していたけれど、要するにさやかちゃんが来てから土呂和のマルゲリータは出来上がり、それを運んだあと、紅野さんはさやかちゃんと言い合いをしていて、その最中《さなか》、土呂和は倒れたというのだった。

いったい誰がこの人を殺したんだろう。映里のように騙されて、この人に恨みを持っていた人がこの中にいるのだろうか。

そうこうしているうち、出入り口の窓に注目すると、パトカーが停車した。

すると――、

「中村さん、この場を頼む」

片山さんがすぐに外へ出ていった。

「いったいどういうことなんだよ。片山くんってあんな男だったか？　なあ、宮田さん。彼は何者なんだよ」

紅野さんは落ち着かない様子だ。たしかに片山さんの変わりようは映里も気になる。

「なんだか、警察の人みたいだったね。『中村さん、この場を頼む』なんてさ。ずいぶん慣れている感じだった」

そうですよねと同意を求めるように、さやかちゃんは映里のほうを向く。無視した形になってしまったけれど、この人懐っこさも、自分にない魅力で、好きになりそうだ。

「そうなんですか？　彼は、警察官なんですか？　まさか……潜入捜査？」

「落ち着いてください。知りません。私はあの人が誰だか」

紅野さんの問いに中村さんは答える。変な言い回しだ。まるで他の誰かのことは知っているかのような……気のせいだろう。紅野さんは片山さんの正体についてヒートアップしていき、中村に迫っていく。

「それに、ピザを作ったのは片山くんだ。ねえ、このまま外に出してしまっていいんですか、ねえ！」

「触るな！」

中村は紅野さんを突き飛ばした。大きな声に、映里はどきりとする。中村はそういうスリが最近多いので反射的に突き飛ばしてしまったと言い訳した。紅野さんはこんな失礼な警察官にも優しい態度で接する。

「ところで、オーナーにはやはり連絡を入れたほうがいいと思うのですが」

気を取り直したように、紅野さんが言うと、

「あっ、あの！」

宮田さんが突然大声をあげた。

「紅野さん。そろそろこのロープ、ほどいてくれませんか？」

なんで今？　紅野さんも「えっ？」と不思議そうだ。

「片山さんも行っちゃったことだし、大丈夫でしょう。ねえ、中村さん。刑事さんたちが大勢来ちゃったんだから、たとえ私が犯人だとしてももう、逃げられない。違いますか」

「え、ええ、そうですね――」

「そういうことで、紅野さん。お願いします」

言われたとおりにロープをほどきはじめる父親を見ながらさやかちゃんは、

「縛ってくれって言ったり、ほどいてくれって言ったり、変なの」

そう思わないですか、と、また同意を求めるように映里のほうに顔を向け、にっ、と微笑んだ。思わずうなずき返し、映里は確信した。この子のこと、好きだ。好きな人の娘なのだから当たり前なのかもしれない。

宮田さんのロープがほどかれたのとほぼ同時に、さやかちゃんは食べかけだったパンに手を伸ばした。もっと美味《おい》しいメニューがたくさんあるのに食べさせてあげられなくて残念だ。

「ねえ、警察の人、なかなか入ってこないね」

「たしかに」

「やっぱりあの、片山さんっていう人と何か話し込んでいるのかもね」

さやかちゃんが言ったそのとき、出入り口が開いた。

「失礼します」

太めの体形の中年刑事。二人の部下を引き連れていて見るからに偉そう——な印象だったが、店内の何かを見て、「あがっ！」と変な声を上げた。

「どうかしましたか、的場さん？」

「いや、風邪気味でな。咳が出ただけだ」

「咳ですか、今の？」

部下の心配をよそに、彼は的場という名前を告げた。紅野さんが店長代理だと名乗り出て、ずっと後回しになっていた、北村オーナーへの連絡を申し出た。

「ああ、それに関してなのですが、北村オーナーへの連絡は、今はしないでください」

「はい？　どうしてです？」

映里も意外だった。

「それはですね……ええと、こちらの事情です。あなたは、知らなくていいことです」

「またかよっ！」

椅子を蹴り上げ、「いたたっ」と足を押さえてうずくまる紅野さん。心配でたまらなかったけれど、さやかちゃんは笑っていた。この子の笑顔に癒される……。

だから映里は、つゆほども思っていなかった。その数分後、このさやかちゃんが土呂和の正体を突き止めるなんてことに。

「多分この人、詐欺師」

さやかちゃんはいとも簡単に言ったのだった。

「詐欺師ぃ？」

ひゅっ、と変な音が喉から出た。吸ったのか吐いたのか、自分から出た音なのかもわからないくらいだった。映里は動揺していた。詐欺師。そうだ。詐欺師なのだ、この男は。

「この名前、よく見てね」

フランス語の数詞なんて、まったく思いもよらない手がかりから、彼女は土呂和の偽名のことを見抜いた。自分の知らない真実まで明らかにするその聡明さに、映里は驚くしかなかった。

「きっと、お客さんごとに名前を使い分けていたんだよ。詐欺がばれたとき、すぐに逃げられるようにね」

初めて会ったときから、変な名字だと思っていたのだ。あの時に詐欺師だと気づけたんじゃないかと後悔する。乗せられて、舞い上がって、いったい自分は何をしていたんだろうと大声で責めたくなる。

「すごいな、さやか」

紅野さんが娘を褒める。

「だがいったい、何の詐欺なんだ？」

「わからないけど、このジェミニ企画のロゴ、本を開いたような形になってる。ということは、出版詐欺じゃないかな」

ひゅっ――また、映里の喉が変な音を立てる。

この子はそこまで見抜くのかと、恐ろしさすら感じる。

「本にしたい原稿を探しています、みたいな広告を新聞に出してさ、興味を持って連絡をしてきた人に『半額はうちが負担するからぜひ出版しましょう』って持ちかけて、出版費用を出させる。お金を受け取ったところで逃げちゃうっていう手口だよね」

さやかちゃんの言葉はことごとく当たっていて、映里の心を抉《えぐ》ってくる。刑事たちも、さやかちゃんの推理に同意していた。

「最近では文章だけではなく、ネット上でイラストを公開している者に『イラスト集を出さないか』と近づくケースも増えているらしい。ふん……なるほど。詐欺師なら恨みを買っていてもおかしくはないか」

とげとげのスパイクで心を無遠慮に踏みつけられているようだった。ダメだ。逃げたい。逃げたい。

「ちょっと、すみません」

宮田さんが言った。嫌な予感がした。

「そこのところ、詳しそうな人が……」

やっぱりだ。宮田さんはさっきからちらちら、映里のほうを見ていた。土呂和の遺体を見たときの反応がずっと気になっていたのだと思う。耐えろ。何も言うな。膝の上で両手をぎゅっと握る。

「映里ちゃん、何か、知ってるよね?」

思いがけず宮田さんの声は優しく、顔を上げてしまった。映里を見つめる宮田さんの向こうに、さやかちゃんがいた。

この子の前で、嘘はつけない。

「……はい」

映里は言った。

「亡くなった男性は、私の前では『土呂和久則』と名乗っていました」

そこからは止まらなかった。話しているうちに涙が出てしまった。悔しかった。お金を騙し取られた悔しさより、自分のふがいなさがなんとも悔しかった。だけど、こういうことには慣れているのか、的場刑事の態度は冷淡なものだった。

「なるほど、事情はわかりました。しかしそうなると、あなたには動機があることになる」

「えっ？　私、やっていません」

「ちょっとあんたね、映里ちゃんがやったっていうの⁉」

宮田さんが怒り、紅野さんはなだめながらも映里の無実を訴えてくれる。

「八木沼さんには無理ですよ。彼が倒れたときにはこの店にいなかったんだから。それは、われわれ三人が――片山くんは今、どこかに行ってしまったけれど、とにかく、私と宮田さんが証明できます」

嬉しくて、また涙が出る。しかし的場刑事の態度は変わらない。映里がカプセルや遅効性の毒を使った可能性もあるというのだった。必死で否定したけれど、警察署に連行されるのは確定のようだった。

そのとき、勢いよく出入り口が開いた。刑事を一人引き連れて、片山さんが入ってきた。

「ありましたか？」

「ない！」

的場刑事がすっかり部下のようだ。

どういうことなんだろう？　やっぱり紅野さんの言うように、片山さんは潜入していた警察官なのだろうか？……でも警察官って、あんなに上手にピザを焼けるもの？

「どうして、縛られていないんだ？」

片山さんは、宮田さんに迫った。

「あ……あの、私が許可しました」

「頼むと言っただろ！　これがどんなに大変なことかわかるか！」

「触るなっ！」

反射的に中村が片山さんを突き飛ばした。

「す……すみません。最近、スリに敏感なもので」

中村の荒っぽい行為を、片山さんはあまり気にしていないようで、

「こうなったら、はっきり言ってやる」と、宮田さんを睨みつけた。

「な、なによ？」

「俺は、厚生労働省に所属する麻薬取締官だ」

厚生労働省……？　映里が人生で一度も気にしたことのない世界の話だ。

「厚生労働省って、政府機関のあれ？」

「他に厚生労働省がありますか」

「大丈夫か？　今日、だいぶおかしいぞ」

映里と同じ意見の紅野さんに、的場が「本当のことです」と言った。当該の部署に連絡して確認済みらしい。

麻薬取締官――この、片山さんが。

「いや、どう見てもイタリア料理人だろう」

恰好だけはそうだ。だけど――と、映里の中の片山さんに対するふんわりとした違和感がごつごつした岩のような感触を帯びてくる。

「それでですか……」

口を開いた映里に、みんなの視線が注がれる。

「片山さん、あんまりイタリアン、好きじゃないですよね。お昼ご飯のときも、こっそり、おにぎり食べてますし」

「『あんまり』じゃない。『まったく』だ。トマトソースもオリーブオイルもチーズも、大っ嫌いだ！」

任務なので仕方なく腕を磨き、ピザを焼くのだけは好きになったと、片山さんは言った。

「わからないよ、片山くん。なんでそこまでして、この店に勤めていたんだ？」

「この店のオーナー、北村高彦が、麻薬の密売に関わっているという情報があったからですよ」

あまりに急な話に、映里はついていけない。直後、もっと意外なことが起きた。

「ちょ、ちょっとあんた、何を言ってるの？　高彦が麻薬なんて……」

「高彦？」

中村が宮田さんを見つめる。宮田さんはしまった、という顔をしていた。どうして、下の名前で？

「ははは！　ボロを出しましたね宮田さん。あなたも取引に関わっていることを白状したようなものだ。あなた方は協力し、俺たちの目を欺いてこの店で取引をしていた」

「いやいや、知らないって」

「死んだ男はおそらく、麻薬取引に関わっていた人間でしょう」

つまり、北村オーナーと宮田さんとこの男はみんな麻薬取引の仲間だというのだった。片山さんはさっきの話を聞いていないから土呂和のことを知らないのだ。勘違いしたまま、片山さんはビニールパッケージを見せて、コカインだと言い放った。

「違います。この人は、詐欺師です」

片山さんの言葉がとぎれたのを見計らって、映里は言った。

「ん？」

「引っかかった私が言うのだから間違いありません。詐欺師です」

それ以上はうまく説明できなかったが、幸いなことに的場刑事が説明をしてくれた。

「そんな……。いやしかし、この店が取引に関わっているという疑いが晴れたわけじゃない」

片山さんは意見を曲げようとはしなかった。頭の堅い人だ。紅野さんも宮田さんも、警察の人もみんな、土呂和が詐欺師だと言っているのに。——と思っていたら、

「オーナーとこの女だって」

「そう、そうよ！」

突然、宮田さんが立ち上がり、土呂和を指さした。

「この人が麻薬を持っていた事実は変わらない。出版詐欺師で、麻薬取引の人なのかもしれない。この人のこと、もっと調べたほうがいい！」

えっ？　えっ？　映里は自分の耳が信じられなかった。どうして宮田さんが、片山さんに同意するのか。さっきまで、映里の味方をしてくれていたのに。片山さんだけじゃなく、この人も、今日はおかしい。

「それは、自分が取引に関わっていることを認めるということか？」

「認めないし、オーナーも関わっていないと思う。だけど、この人と麻薬の関わりは調べないといけない。正義の名のもとに！」

まったく、宮田さんという人がわからない。正義だなんて——混乱する映里の前で、片山さんは刑

事をつれて厨房の中を捜索すると言い出した。

「ちょっと待って片山さん。厨房の中なんて、いつも見ているでしょ？　そんな怪しい物、あったら片山さんが一番初めに気づいているはずです」

宮田さんは何かに焦っていた。片山さんは宮田さんを見張るように的場刑事に命じ、厨房に入っていった。

「あーっ、痛い！」

突然、宮田さんが喉を押さえながら、床にしゃがみこむ。今度はいったい何なのか。

「ど、どうしたの、宮田さん？」

「喉が痛い、気持ち悪い。私も、毒を飲まされたかも。的場さん……でしたっけ、ちょっと、こっちに」

「だ、大丈夫ですか？」

その瞬間、映里は見た。近づく的場刑事の耳元に、宮田さんは何かをささやいたのだ。

「……えっ？」

「ちょっと、外に空気を吸いに行きたいです。そうしたら、治る気がします」

「わかりました。それじゃあ、行きましょう」

「今、見張ってろって言われたばっかりなのに」

さやかちゃんの言葉を無視して出入り口へ向かう二人の背中を眺め、映里の中で不審が水を吸ったスポンジのように膨らんでくる。あの二人──知り合い？　なんかこんな感じ、少し前にもあったなと、中村の顔を見る。

宮田さんは中村と顔を合わせたときも変だった。

やっぱり宮田さんは刑事で、中村とも的場刑事とも知り合いなのでは――？　いや、それもおかしいか。

今夜はなんだか、変な夜だ。このピッツェリアには、秘密があちこちに潜んでいる。

くいっ、とユニフォームの裾が引かれた。

宮田さんがいなくなった席の向こうから、さやかちゃんが近づいてきて、裾をつかんでいるのだった。

「すみません、お手洗い、どこですか？」

「え……お手洗い。ああ……」

「あのドアだ。行ってこい」

紅野さんが、出入り口付近のお客さん用のトイレを指差す。

「ここ、人の死んだ現場だし、使っていいのかな？　従業員用のお手洗い、ないのかな？」

「奥にあるけど、いいんだ、そこで」

「ああ、いや」中村が止めた。「奥に別にあるなら、そちらを使っていただけますか、一応。私が一緒に行きましょう」

「女の子のお手洗いについてこないでください！」

さやかちゃんの拒絶に、中村はびくりとした。

「お姉さんについてきてほしいんです」

と、映里の顔を見て微笑みかける。お姉さん、という呼び方がくすぐったかった。二人で、鑑識官たちの邪魔にならないように壁際を歩いてバックヤードへ入る。

「改めまして。さやかです」

ロッカールームの前までやってきたところで、彼女は自己紹介をした。

「八木沼映里です」

「エリさんか。イラストを描いて、ネット上にあげているって言ってたけど」

「うん」

「なんていうアカウントか、教えてもらえますか？」

「えっ……？」

「その……、私も実は、パソコンを使ったイラストに興味があるんです。どういう風な絵を描けるのかとか、どういうソフトを使ってるのかとか、訊きたくって」

さやかちゃんは本当はトイレに行きたいわけではなかったらしい。今、事件に巻き込まれているところだよ、とたしなめるべきなのだろう。でも、そんなことはどうでもいいと思わせる雰囲気を、さやかちゃんは持っていた。映里はSNSの名を告げた。

「『エリライム』っていう名前でアップしてるから検索してもらえれば」

「うそ」

さやかちゃんの目が輪切りのサラミのように丸くなった。

「『渇望』っていう絵、アップしてます？　砂漠のど真ん中でコンビニのレジ打ちをしている女の子の絵」

ひゅっ、とまたあの音が出た。

「どうして知ってるの？」

「私、コメントしたことあります。ほら、お気に入りに入ってる」

スマホを取り出し、操作するさやかちゃん。出てきたのは紛れもなく、映里のアカウントだ。今までアップした絵が、画面に映し出されている。

「ひょっとして、『わさびまき』さん?」

「そうです、覚えててくれてうれしいです。信じられない。エリライムさんとこんなふうに会えるなんて」

この絵も好きなんですよ、この絵も、と興奮しながら画面をスクロールするさやかちゃん。映里のほうこそ信じられなかった。誰にも注目されていないと思っていた——それどころか、詐欺師に狙われるきっかけになったことから後悔すらしていたページに、土呂和以外に唯一コメントをくれた人が目の前にいて、しかもそれが、好きな人の娘なんて。

「……ありがとう」

言葉にしたら、また涙が出てきそうになった。こんなにいろんな感情に揺さぶられる一日は、人生で初めてだ。

「こちらこそ、ありがとうございます」

さやかちゃんはそう言うと、スマホをしまいながら笑顔を引っ込めた。

「ところで、あの宮田さんっていう人、どう思います?」

「えっ?」

「なんか、変じゃなかったですか? 的場って刑事となんか、親密そうだったっていうか」

「私もそれ、思ってた」

「『外に空気を吸いに行きたい』とか、嘘ですよ絶対。何を話してるのか、気になりません?」

「あるけど……盗み聞きしようってこと?」

「だってエリライムさん、気になるじゃないですか」

賢そうに笑うその顔。この子が聡明なのはもうわかっている。それに、気にならないといえば嘘になる。

「ちょっとだけね」

映里はさやかちゃんを裏口へ案内する。ドアを開けると、寒気に襲われた。

「うわ、寒い」

「しっ――！」唇に人差し指を当てるさやかちゃん。

壁伝いに二人で歩いていく。ポリバケツのすぐそば、建物の角に、コンクリートブロックが積んである。その上に乗り、壁にぴったり耳をつけると、的場刑事がぼそぼそとしゃべっている声がきこえた。街灯の、心もとない光の中に佇む二人の距離は、やけに近い。

「久美の仕事はいつが休みなんだ？」

的場刑事は訊いていた。

「不定休なの。だから私から連絡する」

宮田さんは明らかに声色を使っていた。か弱く聞こえる女の声。二人は恋人同士――？

「そうか。なるべく早く――」

「ねえ、それより的場さんは、私のこと、疑ってなんかないよね？　麻薬とかなんとか」

「当たり前だ。久美がそんなことをするわけがないだろう」

「ありがとう。……ひとつ、お願いを聞いてもらってもいい？」

どうやら主導権は宮田さんにある。あの人、善良そうに見えて、やっぱり裏がある。

「なんだ？」

「厨房の冷蔵庫の中に、腐ったチーズがあるの。蠅のウジがわいちゃってる感じの」

映里の中に、小さな疑問が現れた。ウジのわいたチーズ。頭の中に、ある本の一ページに載っていた写真が思い浮かぶ。

「ウジ？」

壁にぴったり張り付いているさやかちゃんが小さく疑問を口にする。

「ウジだって？」

向こうでも的場さんが同じような反応をした。

「そのチーズを見つけても、見なかったことにしてくれない？　部下の人や片山さんが捨てるとか言っても、なんとか言いくるめて」

「しかし、腐ったチーズなんかとっておいたら衛生的に悪いだろう」

「何も聞かないで、お願い！」

「おおぅ。わかったよ。久美が言うならそうする」

「ありがとう。クルージング、楽しみにしてるね」

と、そのとき——。

がたん。体勢を変えようとしたさやかちゃんが、ポリバケツに当たって音を立てた。とっさにさやかちゃんはしゃがみこむが、足元のブロックが揺れ、映里はバランスを崩して二人の視界に入る位置へよろけてしまう。

さっ、と血の気が引いたのが自分でわかった。二人が、映里を見ていた。

「映里ちゃん……」

宮田さんに声を掛けられ、もう逃げられないと足が固まってしまう。宮田さんから、的場刑事は気まずそうに離れていく。

「どうして?」

何か言い訳をすべきだった。だが、

「ウジのわいたチーズって」

映里は気づいたら、そう口にしていた。頭の中には、『チーズ事典』の一ページ。

「まさか、カース・マルツゥですか?」

宮田さんが早足で近づいてきた。

「どうして、知ってるの?」

「どうして……って」

答えに困っていると、宮田さんに襟元をつかまれ、壁に押し付けられた。恐怖でうまくしゃべれない。

「しゃべったら、バラすよ」

「バラすって?」

「映里ちゃんが、紅野さんのことを、好きだってこと」

頭の中が真っ白になる。

どうして——。どうして、知っているのだろう? 誰にもしゃべっていないのに。それどころか、普段は紅野さんにむしろつらく当たっているのに。

宮田さんはにやりと笑うと、ぱっと映里の襟元を離した。

「さあ、みんな戻ろう。何も見なかったし、何も聞かなかった。死んだ男のことは警察に任せて、早く解放されるのを目指そう。あ、でも、映里ちゃんは署に行かなきゃいけないんだっけ」

ひらひらと手を振り、宮田さんは表の出入り口へ戻っていく。的場は何も言わずについて行った。

一人、残された。

戻りたくなかった。何もかも信じられなかった。

カース・マルツゥのことなんてどうでもよかった。

「エリライムさん」

小さな声に、はっとする。ポリバケツのそばに、さやかちゃんが佇んでいる。

「ごめんなさい……私……」

音を立てたことを謝っているのだとわかっていた。だがそれより、とんでもなく取り返しのつかない状況に自分がいることにようやく気づいた。

聞かれたのだ。

映里が紅野さんに思いを寄せていることを。

よりによって、紅野さんの娘に！

「その……なんて言っていいのかわからないけど……」

さやかちゃんは困っていた。当然だ。小学生の女の子にとって、こんなに困ることなんてそうそうないだろう。

「応援、するっていうか……」

応援？　応援されてどうだというのだろう？　こんな、自分の気持ちをどうしようもできない、シャイで弱い女子大生に、何ができるっていうのか！

映里は何も言わず、さやかちゃんを放っておいて裏口へ向かい、力任せにドアを開いた。

「エリライムさん！」

追ってくるさやかちゃんが鬱陶しかった。自分勝手だし大人げないのはわかっている。だけど、今の気持ちに、整理なんてつけようがない。

消えてしまいたい。消えてしまいたい。消えてしまいたい。なんとか涙だけは流さずにすんだけれど、ホールに戻って、紅野さんの顔を見たとき、頭が真っ白になった。

「ずいぶん遅かったね」

紅野さんはそう言った。中村は鑑識の人と何かしゃべっている。片山さんはまだ厨房にいるのだろう。

「ちょっとね」

追って入ってきたさやかちゃんが映里の代わりに答えた。

「俺、なんだか疲れちゃったよ。待ってるだけなのにさ」

紅野さんは笑う。映里の心中は煮込みすぎたミネストローネのようにぐちゃぐちゃだ。紅野さんや宮田さんや片山さんや、警察の面々とまともに話ができる状態ではない。

辞めよう。

頭に浮かんだのはその言葉だった。

やっぱり今日で《デリンコントロ》は辞めよう。宮田さんに知られてしまった。さやかちゃんにも知られてしまった。もう、こんなところにはいられない。

出入り口のドアが開き、宮田さんと的場刑事が入ってきた。

「すみません。外の空気を吸ったら、気分、元に戻りました」

宮田さんはにこりと紅野さんに微笑みかける。

「目の前で人が死んで、ショックだったのでしょう」

的場刑事がもっともらしいことを言った。とんだ茶番だ。信じられない。何もかも、信じられない。

「無理しないで。座って休んでいなよ」

相変わらず一人だけ、何も知らない紅野さんが優しく声をかける。今この時ばかりは、紅野さんが腹立たしい。

「あれ、映里ちゃん」宮田さんが映里のほうに顔を向けた。「どうしたの、そんなところに立って――」

目は笑っていなかった。言うなよ、と、喉元にナイフを突きつけられているようだ。

ぷつり、と映里の中で何かが弾《はじ》けた。

この女――許せない。

ぶちまけてやる。警察官がいる前で、カース・マルツゥのことを！

足かせになっているのは、紅野さんへの気持ちだ。バラすよ、という脅しだ。

だとしたら――と、四番テーブルの上に目をやった。

四人組が来ていたのか、汚れた皿が残されている。その脇に、ワインのボトルがある。コルクが抜かれているものの、半分以上残っている。真新しいグラスもある。

映里は手を伸ばし、そのボトルをつかんだ。どぼどぼとグラスにワインを注ぐ。

突然の行為に、誰もが啞然としていた。

「ちょっと……？　あなた」

止めようとしてくる鑑識官を振り切り、映里はグラスを取り上げ、一気にワインを呷った。体の中が熱くなる。お酒は、そんなに得意なほうではない。

グラスを置き、一同のほうを向いた。

「紅野さん！」

「な、何……?」

紅野さんは身構えた。いつも映里に怒鳴られているからだろう。悪いことをしてきた。ごめんなさい。今日でさよならです。もっともっと、素直になって、いろんなことを話したかったです。

「私は」

言うのだ、と思ったら足が震えはじめた。でも、言わなければ。宮田さんが目を見張り、口を歪めている。

「どうしたの?」

言わなければ。そう。言わなければ。カース・マルツゥのことを明るみに出すため。それはきっかけにすぎない。言わなければ。自分自身の気持ちに、けりをつけるために。

「私は、紅野さんのことを、ずっと——」

第三章

1．宮田久美

映里ちゃんが突然、鑑識官の制止を振り切って、ワインを呷った。

なになに、何やってるの？　戸惑っているのは久美だけではない。紅野さんも中村も的場も他の警察の人たちも、みな、時が止まったかのように彼女を凝視している。

「紅野さん！」

映里ちゃんは叫んだ。

「な、何……？」

「私は」

覚悟を決めた目。足が震えている。

久美は悟った。告白する気だ。

紅野さんが好きだと、告白する気だ。

カース・マルツゥのことを警察に言ったら、紅野さんのことを好きだとバラす。久美はそう彼女を脅した。だから、映里ちゃんが紅野さんのことを好きと言ってしまったら、カース・マルツゥのことを話してしまうのを止める枷《かせ》はなくなる。

「どうしたの？」

何も知らない紅野さんが無遠慮に訊く。

「私は、紅野さんのことを、ずっと――」

止めるべきか。でも、ここで私が止めたら不自然か。

どうする？　どうする？　今夜同じことがなかっただろうか？　あのときはどう止めた？

「カース・マルツゥ！」

誰かが叫んだ。映里ちゃんではなかった。一同の視線が集まったその先には、スマホを眺めるさやかちゃんがいた。

「なにこれ、気持ちわるぅ！」

――なにこれ、気持ちわるぅ！

同じくカース・マルツゥを初めて見たときに、久美自身が高彦に放った言葉だった。紅野さんがさやかちゃんのほうを向いた。

「何なんだ、それは」

「チーズの名前」

まずい！

「わーっ、わっ、わっ！」

久美は叫んでさやかちゃんのほうへ駆け寄る。面倒なので、遺体を飛び越えた。

「こら！」

的場が咎めるが、もうなり振りかまっていられない。さやかちゃんの手からスマホを取ろうとすると、さやかちゃんはくるりと身を翻し、六番テーブルと壁のあいだに逃げこむ。追う久美は、死んだ男が座っていた椅子に激突して倒してしまう。

「何の騒ぎだ？」

都合の悪いことに、片山が厨房から戻ってきた。さやかちゃんはスマホに映されている情報を読みはじめる。

「イタリアのサルディーニャ島で作られる……」

「タレッジョ！　カマンベール！　ロックフォール！　ペコリーノ・ロマ……」

思いつく限りのチーズの名前をぶちまけてごまかそうとする久美の口が、背後からふさがれた。映里ちゃんだった。

「ペコリーノ・サルドっていうチーズを、ハエのウジ虫をつかって発酵させたチーズだって」

「ウジ虫だ？　そんな気持ちの悪いチーズがあるものか」

紅野さんが言った。

「嘘じゃないって。『わざとハエに卵を産み付けさせて三か月放置する』って書いてある。発酵の過程でウジ虫がチーズを食べると、脂肪の分解が促されてトロトロになる。その食感がたまらない。チーズの甘味とウジ虫の体液のほろ苦さが口の中で溶け合って病みつきになる――」

ヴォエーと誰かがえずいた。中村だった。喉に手を当て、顔を真っ白にしている。的場がその肩をつかむ。

「おい、吐くなら外に行け」

「大丈夫です。ただ、あまりにも気持ち悪くて……」

つくづく情けない男。いや、今こんな男のことはどうでもいい。さやかちゃんはスマホの画面をスクロールする。

「でも、お腹を壊す危険性があるから、今では法律で販売が禁止されてしまってるんだってさ。もちろん、日本に輸入なんてできるわけなくて、持っていたら処罰の対象になる……らしい」

「あっ――！」

片山が叫ぶ。久美はもがくけれど、映里ちゃんの力が意外と強くて逃れることができない。片山はバックヤードへ駆けていった。どこへ行くつもり――？

驚くほど早く片山は戻ってくる。その手には、黒いポリ袋が握られている。あれは……。久美にはすべてがわかった。厨房の中では見つからないわけだ。

「あっ、それ、昼間、外に捨てに来たやつじゃないか？」

紅野さんが言った。

「そうです。冷蔵庫にあったんです」

テーブルの上に置き、袋の口を開く片山。

「うわ、くさっ」

紅野さんは鼻をつまんだ。力が抜け、久美は抵抗するのをやめた。ヴォエーという中村の声が耳を素通りしていく。口元から、映里ちゃんの手が離れていく。さやかちゃんもそれを覗きに行き、

「うわ、くさっ」

父親とまったく同じ反応をした。

「管理不行き届きで腐ってしまったものと思いました。ひょっとしたら、俺に責任があるのかとも考え、誰も気づかないうちに捨ててしまおうと思ったんです。しかしよく考えれば、冷蔵庫に入れていたものに自然にウジなどわくわけがない。まさか、輸入が禁止されているチーズとは」

「オーナーが、これを個人で輸入していたということ？」

顔をしかめて訊ねる紅野さん。

「自分で輸入していたか、誰かから譲り受けたかは知りません。上段の奥にしまったのは、うっかりしていたか、奥なら見つからないと思ったためでしょう。とにかくオーナーは、持っていてはいけないチーズだということはわかっていた。そして、その事実を知っている者が、ここにもう一人、いる」

片山の目が久美のほうを見る。

「な、なぜ、久美が？」

的場が片山に迫った。

「ちょっと待ってください」

ハンカチで口元を押さえ、涙目になっている中村が的場の前に立つ。

「どうして『久美』と下の名前で呼ぶんです？」

「えっ？」

それでようやく久美も、的場の動揺を見て取った。

「と、とりあえず、それはいいだろう」

「宮田さんは、オーナーとつるんで、このチーズを楽しんでいたんだ」

片山はズボンの尻ポケットに手を入れ、それを、テーブルの上に叩きつけるように置いた。中村がそれを覗き込み、「あっ！」と青ざめる。

ふぅぅぅ、と、久美は空気の抜けた風船のような気分になる。

「ゲーム・オーバー……」

この汚い床の上に、大の字になりたかった。

2．片山伸也

「ゲーム・オーバー……」

床に座り込んだ宮田のつぶやきを聞き流しつつ、伸也は軽い勝利を感じていた。ホテルから寄り添いながら出てくる、宮田と北村の写真。伸也も今朝まで知らなかった宮田の裏の顔だ。

「なんだ、この写真？」

紅野だけ、意味がわかっていないようだった。

「二人は、不倫していたんですよ」

「なんだって？　っていうか、なんで片山くんがこんな写真を持っている？　麻薬取締官っていうのは浮気調査もやるのか？」

「浮気調査をしていたのは、オーナーの奥さんに依頼を受けた探偵です。今朝、その奥さんがこの写真を俺によこしたんだ」

「じゃあ片山くんは、オーナーの奥さんと不倫していたのか？」

なんでそうなる？　どこまでとんちんかんな男なんだ。

「俺はオーナーの家で、奥さんと顔見知りになったんだ。二人とも、ゴルゴンゾーラのハチミツがけは食べられるんだ」

「嘘をつけ！　君はさっき、チーズは大嫌いだと言ったじゃないか」

ああ、鬱陶しい。どうでもいい部分に限って、この男は突っかかりたがる。

「何も知らない人は黙っててください」

言ってやると、紅野はまたショックを受けたような顔をして口をつぐんだ。

「久美……」

中村が写真を取り上げる。

ん？　おかしい。なぜこの制服警官が、宮田のことを下の名前で呼ぶ？

「お前ってやつは、全然変わってないな」

「今度は何だっていうんだよ⁉」

紅野が頭を抱えて叫ぶ。

「なんで君が、宮田さんのことを知っている？」

「やっぱり、なんか変だと思ってたんだよね」さやかだ。「自己紹介する前から、宮田さんの名前、知ってたもんね」

「彼女と俺は、昔、付き合っていたんだ」

中村は写真を振り回した。えっ、と再び宮田に注目が集まる。ほつれた髪の毛が額に垂れた顔をこちらに向け、

「付き合ってた、だって？」

宮田の顔に、侮蔑の表情が浮かんだ。

「あんたが高校生の私をたぶらかしただけでしょ。奥さんもいたくせに。私はそれに振り回されただけ」

「ち、違う。俺はあのとき……」

「まあ、私はそれで、このゲームに目覚めたわけだけど」

「ゲームだと？」

今度は的場だ。この男、いつの間にかでっぷりした顔に汗をびっしょり浮かべている。いったい、何だというのだ。伸也の中に生まれたわずかな勝利感はすでに、コーヒーに落とした角砂糖のように溶けてなくなり、不可解さだけが頭の中に渦巻いている。

「不倫ゲームよ。奥さんを愛している男の人をターゲットにして近づいて、夢中にさせる。デートをして、男女の関係になって、奥さんより自分のほうに気持ちを傾かせる。本当にその人の一番になれたら私の勝ち。その前に奥さんにバレたら私の負け」

「わ、わ、私とのこともか？」

的場の顔が真っ赤になる。伸也の忌《い》み嫌うトマトソースのように。

「け、刑事さん、あなたも？」

紅野は目をぐるぐる回している。伸也も想定外の展開に、何も言葉が出ない。

「これは私と久美との問題だ。何も知らないやつは黙っていてくれ」

「お、お、お……刑事さんまでそれ、言うのか。俺は……、俺は、店長代理だぞ」

「パパ」

さやかが父親の肩に手を置いた。

「その肩書、もうだいぶ前から何の威厳もないよ」

がっくりと、紅野は椅子に腰を下ろす。邪魔者が静かになったとでも言いたげに、的場は再び宮田に向き直る。

「久美。今夜私と会えて嬉しかったと言ったじゃないか。夜景クルーズはどうなる」

「私、船酔いするし。行く気なんか初めからなーい。だいたい、あなたは私のターゲットの範囲外なんだよ。マッチングアプリのプロフィールに嘘ばっかり書いてさ。まあ、見た目に反して素敵な人ってこともあるかもと思って少しは会ってやったけど、全然だった。的場さんは、私のゲームの参加者にもなっていません。以上」

「き、貴様！」

「的場さん、落ち着いてください」

部下の河瀬が的場を羽交い締めにする。宮田はからからと乾いた笑い声をあげた。

「とにかく、高彦の奥さんにはバレちゃってたわけだし潔く敗北宣言をするよ。あーあ、けっこう長く楽しんだんだけどなぁ」

態度を豹変させた彼女に、誰もが唖然としていた。宮田はひとしきり笑ったあとで、一同を見回す。

こんな優越感はないといったような顔だった。

「その『ゲーム』」

ぽつりと声がさしはさまれた。八木沼だった。

「宮田さんの『勝ち』の先には何があるんですか？」

「はあ？」

「『負け』についてはわかりました。宮田さんが一番になる前に不倫相手の奥さんにバレてしまったら終わり。でも、宮田さんが『勝ち』になったらどうなるんですか？　奥さんからその男性を奪って結婚ですか？」

「そんな面倒なこと、するわけないでしょ。私が勝ったら、奥さんにバラしてそのゲームは終わりよ」

八木沼は眉根を寄せ、「わかりません」と首を傾げた。

「それって『勝ち』になりますか？　楽しいですか？」

「楽しいよ。スリリングだもん」

「その男性と幸せになれないなら、結局『負け』じゃないですか?」

「違うんだって」

「相手の『勝ち』はどうなります? 宮田さんが『負け』の場合、相手は『勝ち』になるはずですけど、旦那さんが不倫していたという悲しみしか残らないんじゃないでしょうか」

「そうだよ。だから、私に旦那の気持ちがなびいた時点で、『負け』なんだよその奥さんは」

「双方に『負け』しかなくないですか? そんなの、ゲームとして成立していますか?」

「だから、それは……」宮田はそれきり黙ってしまう。

普段は紅野にかみついてばかりの直情型の八木沼が、極めてロジカルに宮田を追いつめているのが、伸也には意外だった。かすかに爽快でもあった。八木沼の目の周りが、ほんのり赤くなっているのに気づく。伸也が厨房を捜索しているあいだに、ひょっとして酒でも飲んだのか? 酔うと理屈っぽくなるタイプなのかもしれない。

そして八木沼は、自ら展開したロジックの結論として、寸鉄のような一言を放った。

「宮田さんは、哀《かな》しい人だと思います」

宮田の目が吊り上がる。

「うるさいなあっ!」

どん、と床を踏み鳴らした。

「私のゲームに口を出さないで。だいたい映里ちゃん、あんたズルいよ。私はすべてをさらけ出したっていうのに」

すべてをさらけ出した――本当だろうか。

「映里ちゃんはまだ言ってない。言いなよ。私が言ってやろうか？」

「あっ、それは……」

「紅野さん、よく聞いて。映里ちゃんはね――」

「おい待て！」伸也は叫ぶ。宮田は驚いたように伸也のほうを見た。

「なんであんたが止めるのよ？」

「『すべてをさらけ出した』だと？　嘘をつけ。肝心なことを白状していない」

「はあ？」

「クスリは、どこにある？」

店内は、静寂に包まれた。

「本気で、訊いてる？」

「当たり前だ。宮田さん、君とオーナーは結託して、この店で麻薬の取引をしていた。この男はその関係者だろう？」

「この男は出版詐欺師なんでしょ？　私は、麻薬なんて全然知らない」

「じゃあ、なんだ、この袋は！」

ポケットから小袋を出す。入っているのは黄色みがかった粉末。コカインだ。

「ねえ、片山さん」

さやかが言った。

「それ、本当にそういう薬なの？　見ただけでわかるの？」

「試薬を使えばわかる」

「答えになってません」

八木沼が極めてロジカルな指摘をする。伸也は自分の手の中にあるビニールパッケージが信じられなくなってきた。

「破ってちょっと舐《な》めて、みたいなこと、しないの？」

さやかが訊ねる。

「ああいうのは本当はしない。しないが――」

伸也はビニールを破った。そして、舐めてみた。舌に広がる嫌な刺激。鼻腔《びくう》に広がる醜怪な香り。ぺっ、ぺっと唾ごとそれを吐き出す。この香り、この嫌悪感……。

「粉チーズじゃないか！」

なんだって――という反応は誰からも返ってこなかった。みな、白けたように伸也の顔を見つめている。

「私、初めからそう言ってたじゃん」

ひときわ冷たいのは、宮田だった。

3．八木沼映里

心臓がどきどきしてしょうがない。

ワインを飲んでしまったからだ。やっぱり、衝動的にあんなことをするもんじゃなかった。

告白すると決めたのだって衝動だった。だけどそれは、さやかちゃんに邪魔された。今にして思えば、さやかちゃんの判断は極めて正しかったと思う。

あそこで紅野さんに告白したとしたって、この場はさらに混乱する一方だったろうし、紅野さんは困ってしまうだけだ。紅野さんを困らせたくない。

さやかちゃんが「カース・マルツゥ！」の一言で映里を遮ったのは、ファインプレーだった。ウジ虫の力を利用して発酵した、販売が禁止されているチーズ。それを宮田さんと北村オーナーはどこから手に入れて楽しんでいた。──本来、映里が告発すべきことを、さやかちゃんはやってのけた。外での映里と宮田さんとのやりとりを、宮田さんに気づかれずに聞いていたという利点を生かし、さらに「カース・マルツゥ」だなんて聞きなれないだろう言葉を正確に覚えていて、検索して、ちょうどいいタイミングで邪魔してくれた。

本当に、さやかちゃんの聡明さには頭が下がる。

それに比べて自分はどうだろう。勢いでワインを呷って、ふわふわして、自分でも不思議なくらいに理屈っぽくなってしまった。

でもやっぱり、宮田さんの言う「ゲーム」には納得できない。あんなの、人を傷つけるだけでゲームなんかじゃない。

宮田さんって、本当に人を好きになったことがないんじゃないだろうか。そう考えたら自然と口をついて出てしまった。「哀しい人」と。

逆上した宮田さんは、映里の秘密を紅野さんにぶちまけようとした。言うなら自分で言いたい。でも、気持ちはリセットされていて、もう衝動的に告白する気分じゃない。

そう思っていたら今度は、片山さんが止めてくれた。

それで──なんだかんだあって、粉チーズ。

「でも変だよね、なんで粉チーズをそんな袋に入れるの？」

さやかちゃんが言った。

「料理用に小分けにしたとか?」

「それはない」

片山さんがすぐに否定する。

「そういう場合はチャック付きのビニール袋を使うはずだ。これは破かなければ中身が出ないよう厳重に封をされている。クスリの取引に使われる手口だ」

「そういうふうに、粉チーズを封じることってある?」

「連中は、砂糖や重曹をこうやって封じたダミーを用意する場合がある。俺たちマトリや敵対組織、あるいは裏切者を欺くときなんかな」

片山さんのまじめな返答を聞きながら、何の気なしに、さっき宮田さんが倒した椅子を見た。あれ?——座面の裏に、何かが付着している。身をかがめて観察すると、青い、ねばねばしたようなものだった。

「すみません。ちょっとこれ、見てもらえますか?」

片山さんがやってきて、それを触る。

「これは……」

「接着剤というか、糊《のり》みたいなものだと思います。そのビニールパッケージにも、同じものが付いていませんか?」

片山さんは手の中のビニールパッケージを見て、「本当だ」とつぶやいた。

「安西さんが座っていた椅子だよね、それ」

さやかちゃんが土呂和の遺体を指さす。名刺の偽名の中から、「1」を意味する安西と呼ぶことに決めたらしかった。

「ダミーは、椅子の下に取り付けられていた。安西はそれを剥ぎ取り、カードケースに入れた」

片山さんのつぶやきを聞いていて、映里の中にその光景が浮かぶ。

「土呂和さんは、粉チーズがここに貼り付けられていたことを知っていたということですか?」

「ああ……名前がいくつもあるとややこしいな。『安西』で統一しよう」

「わかりました」

「安西が出版詐欺を働いていたのは事実として、やはり同時に、麻薬の取引にも関与していたということは考えられないだろうか。もしくは、彼自身が常習者だったか」

「麻薬を手に入れるためにはたくさんお金が必要で、それを稼ぐために出版詐欺に手を出していたということですか」

「素晴らしい。ロジカルな考え方だ」

片山さんに褒められ、なんだかくすぐったい。

「生前の安西に唯一長く接触していたのは、この中では八木沼さんしかいない。何か、彼が取引に関与していた裏付けとして思い当たることはないか?」

遺体を振り返って、彼との会話を思い出そうとする。

今思えば彼は、映里のイラストを、しつこいくらいに褒めていた。すべてお金を騙し取るためだったと思ったら、哀しくなってきた。怒りなんかはわいてこない。ただ、結局本当の名前も教えてくれなかったこの人の人生が、哀しくて空しくてしょうがない。

「そういえば」映里はある光景を思い出す。「一度、私の前で電話に出たことがありました。どこどこの港にいくつ入ったとか、そんなことを言っていました。私、画材か何かの話をしているのかと思っていたけど……」

「クスリの隠された荷物が入ったという連絡だったのだろう。決まりだ。安西は麻薬取引に関わっていた。そして、取引に使われていたこの店にやってきた」

「そんな！　この店が取引に使われていたなんて嘘だ」

紅野さんが立ち上がり叫んだ。

「俺は三年もこの店で働いている。それなのに、そんな大きな犯罪に使われていたことを俺が知らないなんてありえない」

「ありえるよ。紅野さんは知らないことが多すぎる」

冷たく言い放つ片山さん。申し訳ないけれど、映里も片山さんと同意見だ。紅野さんは、今夜二度も映里の気持ちに気づいていいシチュエーションがあったというのに、何も気づいていないのだから。

紅野さんは「ああ……うん……まあ……」と返事をし、再び椅子に座ってうなだれる。

「話を戻そう。安西は今夜、この椅子の下にクスリのパッケージが貼り付けられていると聞いて、来店した。そして、ホールの紅野さんに気づかれないように剝ぎ取った。だが……ここがわからない。なぜ、クスリでなく粉チーズが入っている？」

「間違えたということはないですよね？」

映里は訊いた。

「考えにくい。意図的なダミーだ」

「だとしたら、安西は組織を裏切ったか、あるいは、個人的な恨みを買っていた。そして、何者かによってこの店で殺害される計画を立てられていた」

「どうかなあ？」

口をはさんできたのは宮田さんだった。映里に対する敵意を感じた。

「なんでわざわざピッツェリアで殺すのよ？　人目につかない暗闇でさっと殺しちゃうほうがいいんじゃない？」

「連中が人目に付くところで裏切者を殺すというのはたまにある」片山さんが答えた。「大々的に報道される可能性もあり、対象者が殺されたことが全国の関係者にも伝わりやすいからな」

宮田さんはさらに何か反対意見を述べてくるかと思いきや、腕を組んで考え込んでしまった。

ちょっと待って。映里の頭の中に疑問が浮かぶ。

「すみません。申し上げにくいんですけど、計画的な犯行だとしたら、やっぱりマルゲリータを作った片山さんが一番、怪しいっていうことになりませんか？」

「えっ？」片山さんは目を見張った。

「まず、本当は今日はホールは二人だったわけだから、私と紅野さんのどちらが安西のピザを運ぶことになるかはわかりません。今日、ホールが一人だったのは……私が言うのも心苦しいですけどアクシデントです。なので、前もって計画された殺人なのだとしたら、紅野さんが犯人ということはありえません。もちろん、その場にいなかった私も無理です」

「だが、出来上がったマルゲリータをフードカウンターに運んだ宮田さんは？」

「たしかに宮田さんにもチャンスはありますけど、忙しいとき、宮田さんはホールの手伝いをします。その……今日は、私のせいで宮田さんの手を煩わせてしまったと思います」

「ああ、たしかに、厨房からちょくちょく出ていっていた」

「そういうとき、フードカウンターには片山さんが直接ピザを運ぶときもありますよね。それを、紅野さんがお客さんに持っていくことも。偶然、安西のマルゲリータがそういう道筋をたどったとしたら、宮田さんが触れるチャンスがありません」

「だから閉店間際を指定したということも考えられるだろう。あの時間にピザを頼む客は少ない」

「少ないけれど、偶然、多い日もあるかと思います。自分に疑いがかからないような計画を立てる犯人だったら、確実に毒を入れられる方法を選ぶと思うんです」

「なるほど……ロジカルだ」

片山さんは黙ってしまった。

「片山くん、やっぱり君が……？」

紅野さんが青ざめている。さやかちゃんも的場刑事も中村も、その他大勢も。すると――、

「もう一人、犯人の候補がいるよ」

片山さんよりも先に、宮田さんが口を開いた。

「計画的に安西を毒殺できる人が」

「誰だ？」

眉根を寄せる片山さんに、宮田さんはその名を告げた。

「北村高彦よ」

4．片山伸也

「不倫相手を売るというのか」

わざと意地の悪い訊き方をすると、宮田は冷淡に笑った。

「もうゲームは終わったの。高彦とはなんでもない」

「なぜオーナーが安西を殺したと思うんだ？　麻薬組織に関わっていた事実を本人の口から聞いたこ

とがあるのか」

「それはない。だけど、動機について思いついた。出版詐欺のほうで」

「詐欺のほうだと？」

「高彦もまた、安西に騙されていた可能性があるの」

八木沼の喉がひゅいっと音を立てるのがわかった。宮田はつづけた。

「今朝のこと。私、高彦と映像付きで通話してたんだよね。高彦、寝起きで出て。背景は部屋の壁で、サーフィンの絵が飾ってあった。映像通話は何度もしたことがあったけど、その絵を見たのは初めてだったから、有名な人の絵かって訊いたの。そうしたら、自分で描いたって」

「オーナーに絵の趣味が？　しかし、それだけで出版詐欺に引っかかっていたことにはならないだろう」

「『プロみたい』って褒めたら、『プロなんてのはほんの一握り』って。その目がなんだか悲しそうでね。考えてみれば変な言い方だなって思わない？」

「しかし……」

「以前から思っていたことがあるんです」

八木沼が、店の壁を見回す。

「こういうお店って、ふつう、壁に絵の一つでも飾りませんか？　そうじゃなきゃ、なんか殺風景です。オーナーにそういう趣味がないのかなと思っていたんですけど、今の宮田さんの話を聞いて、納得しました。オーナーは私のように安西に騙され、お金を取られたことがある。そのときの苦い記憶があるから、目につくところに絵を飾っておきたくなかったんじゃないでしょうか」

彼女は、目を伏せた。

「その気持ち、私にはよくわかります……」

経験者に言われては伸也も言い返すことができない。宮田は胸を張ったような姿勢でつづけた。

「高彦はどこかで安西の居場所を知った。そして彼が、麻薬組織に関わっていることも。組織の名を騙《かた》り、彼を《デリンコントロ》に呼び出した。もちろん、この椅子の下に麻薬が貼り付けてあると告げておいてね。どうせ殺すつもりなんだから、麻薬なんて偽物でいい」

うーん——と、両手を天井に向けて伸ばす宮田。

「だいたいおかしいと思ったんだよね。今までイレギュラーな休みなんて取ったことなかったのに、突然スキーなんて。安西がこの店で死ぬことを見越したアリバイ作りだったとしか思えない」

「だが、肝心の毒はどうする？　自分がこの場にいないのでは、安西に確実に毒を盛ることはできない」

「モッツァレッラを使ったのよ」

「馬鹿を言うな。今夜、モッツァレッラを食べたのは安西だけじゃない。ピザだけじゃなく、カプレーゼだっていくつか注文された」

「このお店で使っているモッツァレッラは、密閉されたビニールパックに八個セットで入っているでしょ？　営業が終わって、いくつか使いきれずに余ってしまったモッツァレッラは、開けてしまったビニールパックに戻すわけにはいかないから、タッパーに保存して、夜なり、翌日なりに持ち越すよね」

「そうだ」

「高彦はそのタッパーに毒を塗っていったのよ」

宮田は人差し指を立て自信満々だった。

「まかないの時間が終わったあと、高彦が四種類のチーズを持ってきて、私たちに振舞ったでしょ？」

「ああ、俺たち一人一人をチーズにたとえて」

「私、知ってるんだ。あのときに出てきたモッツァレッラって実は、昼営業で一つ余ったやつだったんだよ。あのあと、高彦はタッパーを洗ってスキーに行ったの。夜営業に持ち越すモッツァレッラは一つもなくなっていて、タッパーは洗われたまっさらな状態で置かれていた。高彦は片山さんの目を盗み、これに毒を塗って、スキーへ行った」

「それで、どうなる？」

「ラストオーダーの時刻が近づく頃になって、片山さんは片づけを始める。モッツァレッラは生ものだから一番初めに保存をするでしょう。片山さんは毒が塗られているとも知らず、タッパーを保存用の塩水で満たし、余ったモッツァレッラを入れた。そこへ、計画通りやってきた安西が、マルゲリータを頼む。片山さんは毒入り塩水に漬けられたばかりのモッツァレッラを戻して、生地に載せる」

「なんてことだ！」的場が叫んだ。「安西をラストオーダーぎりぎりに来店するよう命じておけば、じゅうぶん可能なことだ」

おお、と的場の部下や、さやかまでも声を上げた。伸也は思いがけず、自分が愉快な気分になっていることに気づいた。悪くないトリックだ。

――だがこれが決して事実ではないことも、伸也は知っていた。

「残念ながら、それはできない」

伸也が告げると、宮田はたじろいだ。

「なんでよ」

「安西の注文を受けて作ったマルゲリータには、真新しいパッケージを破いて出したモッツァレッラを使った」

「えっ？」

「君の言った方法は、安西が来店する直前の時点でモッツァレッラが余っていることを前提としている。残念だったな」

「そうだったの」

「そもそもですね」八木沼が口をはさんできた。「その方法だと、毒入りの塩水がタッパーに残っちゃいます。警察の方がそれを調べたら、オーナー自身にも犯行が可能だったことがわかってしまいます。せっかくアリバイを作ったんだったら、もうちょっと証拠が残りそうにない方法を使うんじゃないでしょうか。……オーナーは、犯人じゃありませんよ」

5．宮田久美

そうか。いい推理だと思ったんだけどな。

「わかった。毒入りモッツァレッラ説は、撤回」

今夜は敗北続きだ。自嘲しながら久美は、再び椅子に腰を下ろす。すると、的場が近づいてきた。

「着眼点は、悪くなかったな」

慰めるように小声で言ってきたが、無視だ。

もう一人の元不倫相手、中村はもう何も言わず、片山を中心とした謎解きを見ているだけだ。明らかにそわそわして、腰のあたりをさすったりしている。あれは、拳銃を入れたケース。交番勤務の警官も拳銃を携帯しているのだと、はるか昔、聞いたことがあったっけ。

片山と映里ちゃんは、久美のことをもう気にせず、ああでもないこうでもないと推理合戦を繰り広げている。ゲームを終わらせた片山と、哀しい人なんて言ってきた映里ちゃん。二人への怒りはもう冷めていた。

これからだって、ゲームをやめるつもりはさらさらない。まあ、この店は近いうちに辞めることにはなるだろうけれど、負けたんだから仕方ない。次はどこでどんな男の人と出会えるだろう。

「パパ、これ食べる?」

ふと見ると、さやかちゃんが紅野さんにブルスケッタ用のパンを勧めている。

「……いや、いい」

「そんなに落ち込まないでよ」

さやかちゃんは自分でそのパンを頬張った。もう、夜中の十二時をすぎている。こんな時間に食べるなんて。そもそも、小学生が起きていていい時間じゃない……と、注意する気力も、紅野さんには残っていないようだった。

「私、考えたんですけど」

パンを食べてしまってから、さやかちゃんは立ち上がった。

片山が「ん?」という感じで顔をさやかちゃんのほうへ向ける。

「この人……安西さんって、本当に毒を飲んで死んだんでしょうか」

「何を今さら」

片山はせせら笑った。

「突然苦しみだし、吐血して死んだ。間違いなく服毒死だ」

「そうじゃなくって。本当に『飲んで』死んだのか、ってことです。飲まずに、毒を体の中に入れることってできないんですか。例えば、注射とかで」

「馬鹿な。来店してから誰が彼に注射するチャンスがあったんだ」

「私、気になってるんですけど、この人のズボンのお尻のところ、ちょっと破けてるんですよ」

「あっ、私もそれ、気になってた」

映里ちゃんが言った。遺体のそばに歩み寄り、ズボンを見る。さやかちゃんの言う通り、針でひっかけられた傷のようなほつれがあった。

「わりとおしゃれな人なのに、こんなところが破けたズボン、穿《は》きますか？」

片山が顔色を変え、安西のズボンを脱がしにかかる。

「ちょ、ちょっと片山さん」

まだ一応、事件担当刑事の責任感は残っているらしく、的場が止めにかかった。

「重要な確認だ。的場さんも手伝ってくれ」

「しかし」

「手伝ってくれたら、宮田さんとのことは知らなかったことにしてもいい」

無理だよ、聞いている人がこんなにいるのに――と、久美は思ったが、

「本当だな？」

的場は乗り気のようだった。判断力のなくなった中年というのは哀しい。

二人がかりで安西のズボンを下ろし、片山がボクサーブリーフをめくりあげた。

「見てくれ的場さん。ここに赤い痕が」

「本当だ！　これは、注射針の痕だ。彼は経口ではなく、ここに毒を打たれたんだ」

片山ははっとして、倒れた椅子を元に戻し、クッションを観察しはじめた。

「やはりだ。布の一部がわからないように切り裂かれている。だが中に、注射器はない……」と何かに気づいたように、

「紅野さん！」

と声を荒らげた。紅野さんは顔を上げた。

「なに？」

五歳くらい年を取ってしまったようだった。

「安西が来店したとき、この席に通したのはあんただな？」

「えっ――」

映里ちゃんの喉がひゅいっと鳴った。久美も驚く。当の紅野さんは、片山の質問の意図を理解していないようだった。

「なぜこの席に座らせた？　このクッションに、注射器が仕込んであることを知っていたからじゃないのか？」

紅野さんは目をぱちくりとさせ、ようやく自分が窮地に立たされていることを悟ったようだった。

「ち、違う。ちょっと待ってくれ、思い出すから。待て。待てって」

「待ってるよ」

「あのとき、俺は安西のコートを預かった。安西は俺が言わなくてもずんずん進んでいった。まるでこの店に来たことがあるように」

「では、自分でこの席に座ったというんだな」

「そうでしょ」

父親を救うべく――という感じでもなく、さやかちゃんが言った。

「だって、その椅子の裏に麻薬の袋が貼り付けてあったことを、安西さんは聞かされていたんだから。パパが通さなくったって、そこに座ったのは確実。パパが案内する前にずんずんこの席に進んでいったんでしょ」

「あ、ああ……そうか」

この聡明な女の子には、片山も納得させせられてしまうようだ。

「ありがとう、さやか」

「別にー」

さやかちゃんは嬉しそうだ。

「片山さん。紅野さんを責める前に、もっと重要なことがあると思うんです」

今度は映里ちゃんが言った。なんだかんだ言って、紅野さんには、大事に思ってくれる人が多い。

「なんだ、それは」

「『誰が』注射器をセットしたかということです」

「誰が……?」

「仮に、この中の誰かが犯人で、注射器をセットしたとしますよね。ですが、犯人には安西はラストオーダーぎりぎりの時間に来店することがわかっています。それまで、別のお客さんにここに座られては困ります」

「なるほど……ということは、やはり注射器を設置できたのは、ホールを担当していた人間ということにならないか？　安西が来店する直前に仕掛けたんだ」

「安西の座っていた席に近い四番テーブルには、これだけの食べ残しが片づけられずに残されています。ということは、安西が来店した時点で、まだここにお客様がいらしたということだと思いますけど」

「うん。そうだね」紅野さんが答える。「そこには、サラリーマン四人のお客様がいた」

映里ちゃんは続けた。

「安西の来店直前になって、紅野さんが突然、近いテーブル席の椅子のクッションをいじりはじめたら、お客様たち、不審がると思います」

「客はワインで酔っていた。そんなことを気にするだろうか」

「何度も言って恐縮ですが、今日、ホールが紅野さん一人だったのは、私が予定外のことでバイトをすっぽかしたからです。もし予定通り二人でホールをやっていたとしたら、紅野さんの不審な行為に私が気づくはずです。計画的犯行だというなら、そんな危なっかしい計画を立てることは不自然です」

「なんてロジカルなんだ。そのとおりだ」

片山は今や、映里ちゃんの言うことに感心する係のようになっている。

「ということは、クッションの中に注射器を仕込んだのは――」

映里ちゃんが結論を言おうとするその瞬間、久美の頭の中には別の重要なことが浮かんだ。

設置した注射器？　それ、どこにあるの？

――えっ？

久美の脳裏に、ある光景が浮かんだ。六番テーブルの椅子のクッションをいじっていた人物がいる。

――だとすると……、
久美は、その人物を目で探す。

さっきまでの場所にいなかった。じりじりと、出入り口に近いほうの席へ移動しているようにも見える。

さやかちゃんににじり寄っているようにも見えるけれど……。

6. 八木沼映里

なんだか頭が冴えてきた。

いや、慣れないワインを飲んだから、実のところ視界は揺れている。だけど、目の前に現れた事実から別の事実を推理し……と、いろいろつながってくるのが気持ちいいという、今までにない感覚に包まれているのだった。

安西（土呂和という名はすでに、映里の中でも薄れてきていた）が、椅子のクッションに設置されていた毒入りの注射で殺害されたことがわかった。

もし、事前にクッションに毒入りの注射器を仕掛けておいたというなら、北村オーナーでも犯行は可能だ。だけど、安西が座る前に別のお客様が座ってしまうかもしれない。だから、注射器は安西が来店する直前に仕掛けられたということになる。

紅野さんが仕掛けたなら、隣のテーブルの客に見られていた可能性がある。そもそも、今夜ホール担当は二人いたはずなのだから、もう一人、つまり映里に見とがめられる危険まで冒して、そんな細工をするはずはない。

「なんてロジカルなんだ。そのとおりだ」

麻薬取締官という身分を明かした片山さんが、そう同意してくれたことで、映里の中ではすべての結論が出ていた。

「ということは、クッションの中に注射器を仕込んだのは――安西の前にその席に座っていたお客様ということになります」

　しーんとしてしまった。さやかちゃんは首をひねり、的場刑事は難しい顔をし、宮田さんはなぜか、制服警官の……誰だっけ？　とにかく、交番から来た、ウジ虫の嫌いな昔の不倫相手のほうを見ている。

「そうだな」

　同意してくれたのはやっぱり、片山さんだった。

「安西が来店する直前までその椅子に座っていたなら、他の客に邪魔されることもないし、誰にも気づかれずクッションの中に注射器を仕込むことができる」

「待ってくれ」

　紅野さんが否定する勢いで首を振った。

「安西の前にそのテーブルに座っていたのは、いつもの老夫婦だよ」

「うそ」映里は思わず言ってしまった。

「それって、金縁眼鏡のおじいさんと、バラの模様のストールを肩からかけたおばあさんですか」

「そう」

　ランチにもディナーにもよく来る、感じのいい老夫婦だった。穏やかに会話をして、たまにワインを飲むけれど、たいていはノンアルコールで帰っていく。マルゲリータと、ピッツァ・フンギ。

「いつものように旦那さんのほうが、安西が倒れた椅子に座っていた……」

　紅野さんは青ざめている。信じられないという気持ちは一緒らしかったけれど、その共有はあまり嬉しくなかった。

「二人とも、いつもと同じ柔和な笑顔で、いつもと同じピザを美味そうに食べていたよ」

「マルゲリータとピッツァ・フンギだな」

片山さんが言った。

「組み合わせでわかる。だが、いつもより遅い時間の注文だったからおかしいと思っていたんだ。紅野さんも、それは同意するだろ?」

「え? ああ、たしかに、いつもはもっと早く来て、早く帰る。今日は旦那さんが遠出から帰ってくるから八時に予約していったんだ」

「安西が来店する直前まで、その席に座っている必要があったからだ」

「いやいや、だって、俺がこの店に勤める前からの常連さんだぜ?」

「紅野さん、本当に、何も学ばないな。あんたは人の秘密に気づけない人間なんだよ」

片山さんの言葉に、紅野さんは固まった。

「俺が麻薬取締官だということに気づかなかった。宮田さんがオーナーと不倫していたことに気づかなかった。それどころか八木沼さんが紅野さんのことを……」

えっ? 映里は焦った。片山さんにもバレていた? いや、今夜の一連の行動を見られていたらバレていてもしかたない。でも、どうせなら自分自身の口で告白したいという気持ちはあった。この人の口を、なんとしても今だけは塞がなければ——と、思っていたら、

「ねえ、ちょっと!」

宮田さんが声を張り上げた。

「もう一つ、すごく大事なことをどうして見落とすの?」

「なんだと?」片山さんが宮田さんを睨みつけた。なんだかわからないけど、また助かった。爆発しそうな胸を押さえながら、宮田さんの次の言葉を待つ。

「誰が注射器を仕込んだかはたしかに重要よ。でも、その犯人はもう逃げちゃっている。今、目の前にいる犯人をどうして問題にしないのよ?」

「どういう意味だ?」

「クッションの中に注射器がないっていうことは、誰かがそれを回収したっていうことでしょ」

映里は頭を硬い何かで殴られたかのようなショックを受けた。そうだ。どうして気づかなかったのだろう。

誰かが注射器を回収した。そしてそれは、安西が死んだあとのことに他ならない。安西が死んだ後、この店を離れた者はいない。ということは——と、店内を見回す。この中に、まだ、その注射器を持っている人間がいる——?

「誰……誰が注射器を回収したっていうんですか、宮田さん?」

映里は細い声で訊ねた。

「安西が死んだあと、誰かがあの椅子のクッションを気にしていたのを見ていない?」

クッションを、気にしていた人? そんな人いただろうか?

「八木沼さんがわからないのも無理はない。彼女はあのとき、ここにいなかった」

片山さんが言って、ある人物のほうに顔を向けた。

「あんた、この店に来てすぐ、椅子のクッションを調べていたよな?」

その相手というのは——あの、映里が名前を忘れてしまったウジ虫嫌いの制服警官だった。

「調べましたけど、それは……クッションがずれているのが気になって」

「あの行動、どこか不自然だと思っていたんだ。そうか。注射器を回収していたのか」

片山さんはすっかり、その警官を疑っている口調だった。

「まさか。事実無根だ」

「事実無根かどうかは、調べればわかる」

的場刑事が威圧的に割り込んだ。壁際に控えていた彼の部下が、制服警官を囲むように迫る。

「今すぐその制服を脱げ。検《あらた》める」

制服警官は瞬きをぱちぱちしながら、制服のボタンをはずしにかかった――ように見えたが、的場刑事たちの虚を衝いて左手をさっと腰に回した。

「えっ？」

彼の手の中には、ピストルが握られている。

うそ――と思う間もなく、耳をつんざくような破裂音と閃光《せんこう》。

「きゃっ！」

思わずその場にしゃがみこんで目をつぶる。

「確保しろっ！」

的場刑事の怒号が響くが、

「動くな！」

それを凌駕《りようが》するかのような怒鳴り声。

恐る恐る目を開けて――映里はくらりと倒れそうになる。

制服警官の右手には、ピストル。左手はさやかちゃんの首に回され、ピストルは、そのこめかみに突きつけられていた。

「や、や、や……」

紅野さんは制服警官の方に手を差し出して説得しようとしているけれど、あまりの恐怖に全身ががくがく震えている。

「や、や、や……やめ、やめ」

「動くなって言ってるだろ！　ぶっ放すぞ！」

「馬鹿な真似はよせ。どうしたんだ、中村！」

的場刑事は興奮しながらも、刑事らしくふるまった。ああそうだ、中村。それが彼の名前だと、映里の中の妙に冷静な部分が認識していた。

7．紅野仁志

目の前で起きていることが、現実とは思えなかった。さやかが、わが娘が、背後から首を押さえつけられ、こめかみにピストルを当てられている。娘を恐怖でがんじがらめにしているその男が、制服を着た警察官——！

「や、や、や……やめ、やめ」

やめろの三文字が、舌の上で言葉にならずに留《とど》まっている。さやかの命が危ないのだと思ったら、思考が完全に止まってしまう。全身がすうっと寒くなり、震えが止まらない。

「動くなって言ってるだろ！　ぶっ放すぞ！」

中村の言葉が、仁志の体を通り抜けていく。ぶっ放す？　ぶっ放すと言ったのかこの男は？　ピストルで、さやかの頭を——？

「馬鹿な真似はよせ。どうしたんだ、中村！」

的場という太った刑事が落ち着き払って言った。彼の部下たちが中村にじりじりと迫っていく。

「そうだ。そんなことをしたって事態は悪くなるだけだ。まずはピストルを置け」

片山が説得を試みようとしたそのとき——、再び閃光と爆音が放たれた。中村の周囲に迫っていた的場の部下たちが、耳をふさいで離れる。店の奥でガラスが飛び散り、八木沼がきゃあと悲鳴を上げる。

「ど、どうしてよ？」

久美が震えながら訊ねた。

「どうしてこんなことを……」

「よくそんなことが言えるな」

中村の顔は、邪気に満ちて歪んでいた。初めてこの店に現れたときの、頼りない感じはまるでない。

「俺がこうなったのは、お前のせいだ、久美。お前とのことがバレてから、俺はあの家で肩身が狭くなった。義理の父のはからいで表ざたにはならず、懲戒は免れたが、出世の道はあきらめろと頭ごなしに言われた。妻は俺を汚いものでも見るように扱い、夫婦の会話などまったくなった。家にいるのが地獄だったよ。……結局、今でも籍は抜いていないが、妻は実家に戻り、別居状態が続いている」

タバスコで洗ったかのように、両目は真っ赤だった。

「俺はあちこちの警察署を転々とさせられ、ゆく先々で交番勤務だ。惨めなもんだ。仕事にやりがいも持てず、抜け殻のような日々を送っていたある日、管内で大きな麻薬取引の摘発があった。日暮里の駄菓子問屋。善良そうな中年の女が、駄菓子のパッケージの中に、小分けにされた麻薬を隠していたのさ。運び屋のワゴンに積み替えるところを、当局が押さえた」

「その事件は……」

片山が口を挟む。なぜか脇腹を押さえ、顔を歪めていた。

「俺が捜査にかかわった事件だ」

「そうか、縁があったんだな」中村はニヤリと口元を歪めた。「押収された麻薬は、俺の所属していた警察署で一時保管されることになった。交番勤務の俺はむろん、そんなことを知らされてもいなかったが、ある悪党が俺に近づいてきた。そいつは麻薬組織の一員だと名乗り、押収品である麻薬を回収したがっていた」

「ま、まさか……そいつに協力したというのか?」

的場が訊ねると、中村は「そうさ」と高笑いした。

「連中は侮れない情報網を持っている。後ろ暗い過去や弱みを持つ警官をリストアップしていて近づいてくる。管内で麻薬取引の前例があまりなかったこともあって、署は麻薬の管理に慣れていなかった。俺は大した苦労もせずに押収品の一部をくすねることができた。連中は俺に、報酬をくれた。そこからは連中とズブズブの関係さ。こちらとしては大した情報を与えたつもりもないが、いつもかなりの額をくれるんだ」

「金のためにそんな連中とつるむなど……」

「わかってねえな!」

中村は的場刑事にピストルを向けた。

「さやか!」

仁志は今のうちに逃げるんだ、というつもりで叫んだが、すぐに中村はさやかのこめかみにピストルを戻す。

「残念だったな。そう簡単に逃がさねえよ」

残忍な笑み。

「的場さん、俺は金のために協力したわけじゃない。あいつらは、俺を必要としてくれた。妻も、義理の父も、職場も、誰もが俺をゴミのように扱ったのに、あいつらだけが俺を買ってくれたんだ」

へっ、へっ、と悲しそうに笑うと、中村はさらに続けた。

「この店が取引に使われていることを連中から教わったのは、北町交番に勤めてすぐのことだったよ。常連客である、森田《もりた》夫妻っていう虫も殺さないような穏やかな雰囲気の老夫婦が、実は組織の重鎮なんだってこともな。いつか協力を仰ぐときがくるだろうと言われていたが、今夜がそうだったというわけだ」

床に倒れたままの遺体に、中村は充血した目を向ける。

「こいつの本当の名前は、峯島《みねしま》だ。ケチな出版詐欺のほうが本業で、クスリの取引はほんの小遣い稼ぎみたいに思っていたらしい。だが峯島は、やってはいけないことをやってしまった。森田夫妻のもとに入るはずだった金を、ちょろまかしたのさ」

馬鹿なやつ、と、中村は笑った。

「峯島は金を返したらしいが、森田夫妻は許さなかった。そして、自分たちの手で峯島を始末したいと言い出した。もちろん、銃を撃つなんて面倒なことはしない。毒を仕掛け、そこに峯島を座らせる方法を思いついたのは、ばあさんのほうだそうだ」

うそだろ……。仁志は目の前が暗くなりそうになる。元気がいいわねと声をかけてくれたあの老婦人が。仁志の心を軽くしてくれたあの老婦人が……。

「だが、取引を装って峯島をおびき寄せ、殺害するところまで首尾よくやっても、クッションから注射器が見つかれば森田夫妻に容疑がかかる。だからそれが発覚する前に、注射器を回収する人間が必要だったんだ」

「なるほどな」

片山がつぶやく。

「ここから通報があれば、真っ先に駆け付けるのは交番勤務のお前だ。こっちはまさか、いの一番にやってきた警察官が証拠を隠滅するなんて思わない。回収役にはもってこいというわけだ」

「そうだ。こんなにぐだぐだと話が長引かなきゃ、成功するはずだった！」

「そうでしょうか」

八木沼がぽつりと口をはさむ。

「遺体を調べれば、注射器によって彼が殺されたことはわかってしまいます。回収役があなただったことくもすぐ調べがつく。あなたは、組織に、切り捨てられたのではないですか？」

整然とした口調に、中村の顔が怒りに染まっていく。

まずい、と仁志は思った。このままでは——。

「うるせえっ！」

中村はピストルを天井に向け、撃った。照明が一つ割れ、ガラスが飛び散った。

「おい、車の鍵を渡せ。さもなくば、こいつを今すぐぶっ殺すぞ！」

目をむき出し、唾をまき散らし、まるで悪魔の形相だ。

「逃げるつもりか」

仁志は喉から声を絞り出した。

「代わりに、俺を連れていけ」

「大人など人質にできるか！」

「いいから俺を連れていけ」

中村に近づこうとすると、背後から誰かが胴にしがみついてきた。

「やめてください、紅野さん」

八木沼だった。

「あの人は興奮しています。逆らうと、本当にさやかちゃんが危ないです」

いつものようなとげとげしさのない、諭すような口調。

「賢明だ」

中村は残忍な笑みを浮かべ、ピストルを握る手に力を込めた。

「おい、早くしろ、鍵だ！」

的場は部下の河瀬に目くばせする。河瀬は鍵を取り出し、中村に差し出すが、両手のふさがっている中村は、受け取ることができない。

「ポケットに入れろ！」

河瀬が言うとおりにすると、中村はさやかの首に手を回したまま、出入り口のほうへ向かった。

「的場、一緒についてこい。外のやつらに、邪魔しないように言うんだ。他のやつらは、車が出るまで外に出てくるな。いいか、出てくるやつがいたら、こいつの頭は吹っ飛ぶぞ」

的場を引き連れ、店の外へ出ていこうとする中村。

その瞬間、仁志はピストルを突き付けられているわが娘の顔を見た。

口元に、笑みを浮かべている。

恐怖のあまり、おかしくなってしまったのだろう——。

8．片山伸也

ドアの外でエンジン音がして、車が走り去った。中村の行方も気になるが、警察車両はナンバーも割れている。逃げ切れるわけがない。人質となった紅野の娘は心配だが、それよりも伸也の頭の中には、ある重要な問題が浮かび上がっていた。

中村が「森田夫妻」と呼んだ老夫婦。

この店に勤めて二年。あの老夫婦の顔は何度も見たことがある。だがまさか、彼らが麻薬組織の人間などとは微塵《みじん》も疑ったことがなかった。

ショックだった。きっと注射器のことから自分たちに捜査の手が及ぶことを彼らも見越しているだろう。もう近くにはいまい。いや、今ならまだ森田夫妻の足取りをつかみ、身柄を押さえることができるか。

しかし、どうやって……。

「映里ちゃん、どこに行くの?」

宮田の声にはっとした。八木沼が、外へ出ようとしていた。

「決まってます。自転車で追いかけるんです、車を」

扉を開けて勢いよく出ていく八木沼。

「お、お、俺もだ」紅野が後を追い、宮田も出ていく。

「馬鹿な」

伸也もまた、後を追った。

外では的場が部下たちと輪になって何かを相談していたが、四人が出てきたのを見て、

「中で待っていてください。どうするかはわれわれが決めますから」

そう言った。

「私が、自転車で追いかけます」

「俺も」

「何を言っているんだ。自転車で追いつくわけがないだろう」

八木沼と紅野を的場が止める。

「俺が行く」

伸也は的場の前に出た。

「パトカーで追いかけるつもりでしょう？　同乗させてください」

「し、しかし……」的場は顔を歪めた。「殺人犯を追う以上、これは警察の役目です」

「森田夫妻の身柄を押さえなければならないんです」

伸也の言葉の意味がわからないと言いたげに、的場は首を傾げた。

「きっと夫妻は峯島殺害の容疑が自分たちにかかることも見越しています。この街を離れる決心での犯行でしょう。しかし中村なら、ひょっとしたら彼らの逃げる先について何かを知っているかもしれない。できるだけ早く、やつから情報を引き出す必要があります」

「なるほど。……それじゃあ、どうぞ、同乗してください」

「お、俺も！」

紅野が割り込んできた。

「なんで紅野さんが出てくる？　何も知らないやつは店で待っていてくれ」

「知ってるよ！」

怯《ひる》まず言い返してくる。

「俺はさやかの父親だ。オムツも替えたし、風呂にも入れた。元妻と別れるときにも、必ず月に一度は会うからって、約束してくれた。だから俺は頑張ってこられたんだ。どんなに俺がさやかを愛しているのか、俺が、俺だけが、知っているんだ」

支離滅裂だ。だが、彼の目に宿る愛情に嘘はなかった。

伸也の脳裏に、なぜか、奈々の顔が浮かんだ。——連れて行ってあげなよ。そう言われている気がした。おかしな話だ。あいつは、伸也の真の仕事の内容すら知らないというのに。

「いいでしょう」

伸也より先に、的場が言った。

「あんたの愛情は、本物らしい」

お前はさっきまで不倫をしていただろうが。その言葉は呑み込み、二人とともにパトカーに向かった。

9．宮田久美

的場の部下たちに付き添われ、映里ちゃんとともに店内に戻る。なんとなく、テーブルを挟んで向かい側に座った。

映里ちゃんは、久美と目を合わせようとしない。

無理もないだろう。的場とのことやカース・マルツゥのことを知られてから、かなり意地悪をした。まあ結局、映里ちゃんの気持ちはいまだ、紅野さんには伝わっていないわけだけれど。

「映里ちゃん」

話しかけると、さすがに無視はできなかったと見え、映里ちゃんは久美のほうを見た。的場の部下たちは、何かを相談し合っていて、久美の言葉に注意を払っている様子はない。

「さっき、抱きついていたね、紅野さんに」

「えっ？　いや、あの……」

慌てるその姿が、なんとも可愛いらしい。憎いという気持ちは、もうどこにもなかった。

「あれは本当に、紅野さんに余計なことをしてほしくなくて。中村を興奮させて、さやかちゃんが死んじゃったら、嫌だったし」

「言い訳しなくていいって」

「言い訳じゃないんです。その、こんなことを言うの、紅野さんに失礼ですけど、人質なら紅野さんより、さやかちゃんのほうがうまくやるだろうって思って」

久美は笑ってしまう。

「ほんとに失礼だね、好きな人に対する言葉と思えない」

「あ、いや、そうじゃなくって」映里ちゃんは目をパチッとさせた。「中村に捕まったさやかちゃんと私、目が合ったんです。さやかちゃん、笑ってました」

「笑ってた？」

「はい。大丈夫だよ、って感じで。だから、大丈夫だと思います」

今日会った相手だというのに、ずいぶんわかり合っているふうなことを言う。たしかにあの小学生は、紅野さんの娘とは思えないほど鋭い何かを持っている。

「……まあいいや、どうでも」

久美は両手を頭の後ろに回す。

「宮田さんは、どうするんですか?」

「どうするって?」

「オーナーとのこと」

「どうするも何も、バレたら終わり。そういうルールだって言ったでしょ。まあ、この店も辞めることになるよね」

「えっ?」

「元不倫相手が働いていると思ったら、さすがに奥さんだっていい顔しないでしょ。そういうごたごたには巻き込まれたくないの。ゲームに負けたらさようなら。それが、哀しい女の生き方」

「あ、あの……すみません」

当てつけだというのには気づいたらしい。怒ってないよ、というのを示すために笑顔を浮かべた。

「けっこう気に入ってたんだけどな、このお店。まあ、調理師免許もあるし、どこの職場でも仕事は評価されるだろうし、他を探すよ」

「信じてもらえるかどうかわからないけど、なんだか、残念です」

「ありがと。信じてもらえるかどうかわからないけど、紅野さんとのこと、応援してるよ」

「どうも、ありがとうございます」

柄にもなく、少しだけ寂しくなった。けっこう気に入ってたどころじゃない。《デリンコントロ》の日々は、高彦との不倫抜きでも楽しかった。ピザの奥深さも知ったし、お客様もバイトたちも気のいい人ばかりだった。それにチーズの知識も増えたし……って、それは不倫で得たものか。

「あれ?」

そのとき久美は、違和感に気づいた。あたりをきょろきょろする。ない。

「どうしたんですか?」

「カース・マルツゥ、どこいった?」

「あれ、ないですね。片山さん、このテーブルの上に置いたと思うんですけど。押収っていうんですか。刑事さんが持っていっちゃったとか」

久美は近くに立っていた的場の部下に「すみません」と話しかけた。訊ねたが、誰も、カース・マルツゥのことは知らないという。

「あっ」

テーブルの下を覗いていた映里ちゃんが声をあげる。なんだ、そんなところに、と久美も覗いて首を傾げた。そこにあったのはカース・マルツゥではなく、一台のスマートフォンだった。

10. 紅野仁志

無事でいてくれ無事でいてくれ無事でいてくれ……パトカーの後部座席で、手を合わせて祈ることしかできない自分がなんとももどかしい。まぶたの裏には、さやかが生まれてから、妻と別れるまでの日々が映画のダイジェストのように流れていく。保育園に迎えに行ったら喜んでとびついてきてくれた日。小学校に上がった日。運動会の徒競走で一等賞を獲って褒めた日……生きてさえいてくれればいい。たとえもう、二度と会えなくなったって。直子のもとで元気に暮らしてくれればいい。

今夜俺に会いに来たせいで、さやかの命が奪われるなんて、あってはならないことだ。無事でいてくれ無事でいてくれ……。

「無事でいてくれ無事でいてくれ無事でいてくれ」

「うるさいですよ」

片山の声に、目を開ける。助手席の片山が振り返っていた。

「無事でいますよ、きっと」

知らないうちに、声に出てしまっていたようだった。運転席でハンドルを握っているのは的場。車は坂道を下っていくところだった。

「紅野さん、そんなに娘さんが大事なら、どうして奥さんと別れたんですか」

顔を前方に戻した片山が訊ねてきた。さっきまでの、麻薬取締官としての威圧感はなく、敬語にもどっていた。

「夫婦には……、やっていけなくなるときがあるんだよ」

ごまかしたが、頭の中では直子が詰っていた。どうしてもっとましな仕事を探そうとしてくれないの？　私とさやかがどうなってもいいの？　あなたは結局何も知らないのよ――と。

「結婚って、いいものですか？」

意外な質問だった。

「片山くん、そういう相手がいるのか？」

答える代わりに、そう訊いた。

「……まあ、いないこともないんです。でもこういう仕事だと転勤……というか、職場が変わることも多いし、家族にまで危険が及ぶことがある。だからなかなか、本当の仕事を言い出せなくて」

「そうだったのか」

一夜にして、片山のイメージがまるで変わってしまった。

「結婚などするものじゃないよ。とくに刑事は」

運転席の的場が言った。

「家に帰れず、愛想をつかされて、今じゃなんの会話もない。それでいてふと、愛情を求めたくなるんだからタチが悪い」

「的場さんが言うと、真実味がありますよ」

片山の皮肉に、的場は気まずそうに笑い、口をつぐんだ。

「男って、誰かと足並みをそろえて人生を歩んでいくのに向かない生き物なんですかね」

どこかあきらめたような片山の口調。

男は誰かと足並みをそろえて人生を歩めない――そうだろうかと仁志は考えた。

たしかに、直子とは歩めなかったように思える。一緒に会社を興した先輩ともそうだ。拾ってくれた北村オーナーにだって仁志の知らない面があり、足並みがそろっていたとは言い難い。

それでも――と、仁志はさやかの顔を思い浮かべる。

「そうなのかもしれない。でもそれは、常に一人で自分勝手に生きていていいという意味じゃない。男にはやっぱり、誰かのために奮闘すべき時が、あるんだよ」

片山は後部座席の仁志を振り返った。そして数秒の沈黙の後、無言でうなずいた。

「的場さん」

「なんだ」

「絶対に助けますよ、さやかちゃんを」

「当たり前だ」

フロントガラスの向こうに、まだ、中村とさやかの乗った車は見えない。

11．八木沼映里

拾い上げたスマートフォンの電源ボタンを押す。さやかちゃんが公園の遊具の上で笑っている写真が出た。今よりもずっと小さい、たぶん、小学校の一、二年生の頃だ。

「これ、紅野さんのスマホです」

「ん？　ああ、そうみたいだね。落としたんでしょ」

宮田さんは興味がなさそうだった。

「紅野さん、ずっとさやかちゃんの写真を壁紙に……」

「ねえ、どうでもいいよそんなこと。カース・マルツゥは？　的場が余計な気をきかせて厨房の冷蔵庫に戻したのかな」

あのおっさんめ、とぶつぶつ言いながら、宮田さんは厨房へ入っていった。映里の前でスマートフォンは、再び暗い画面に戻っていた。

信じてもらえるかどうかわからないけど、紅野さんとのこと、応援してるよ——宮田さんはそう言った。そういえばさやかちゃんも、似たようなことを言ってくれた。

応援してもらっても、どうすればいいのかわからない。

明日になればまた、もとの自分に戻ってしまうのではないだろうか。紅野さんに話しかけられると、戸惑って、冷たく当たってしまう、大嫌いな自分に。

でも不思議と、この店を辞めるという気は失《う》せていた。北村オーナーは不倫をしていたし、輸入禁止されているチーズを食べていたし、たぶんただではすまないだろう。そんな状況を理解しつつも、《デリンコントロ》がなくなってほしくないと、思っていた。

たぶんこの店が好きなんだろうと思う。この店で働く紅野さんが、好きなんだろう。これからもずっと、そういう紅野さんをそばで見ていたいのだろう。

ぶるぶると、スマートフォンが震えている。

ディスプレイに、「さやか」と出ている。

「宮田さん、さやかちゃんからです！」

「出てみなよ、映里ちゃん」

映里はスマートフォンを拾い上げ、通話アイコンをタップした。

〈もしもし、パパ？〉

「あ、映里だよ。紅野さん、このスマホ、落としちゃって」

〈あっ、エリライムさんですか〉

「さやかちゃん、大丈夫なの？　今、どこ？　中村は？」

〈大丈夫……だと思います〉

どちらかというと、愉快そうな声だった。

〈車、タイヤが溝に嵌《はま》っちゃって。中村さん、ガラスに頭ぶつけてのびちゃって。私、車から逃げ出して、少し離れたところで電話をかけてます〉

「ど、どういうこと？　どうして溝に嵌っちゃったの？」

すると電話の向こうで、さやかちゃんは笑い出した。

「どうしたの?」

〈ごめんなさい。でも、おかしくって。だって中村さんって本当に、虫が嫌いなんですもん〉

長い夜が、終わろうとしていた。

終章　クワトロ・フォルマッジ

1．ペコリーノ・ロマーノ

一限が終わるとすぐ、大学裏門に停めておいた自転車にまたがった。住宅街の中を二十分ほど漕ぎ、生産緑地を右折して、木々の生い茂る坂道を上っていく。大きなカーブを曲がったところで、白い壁の小さな建物が見えてくる。

看板が目立たないから初めての人は素通りしてしまうかもしれないこの店が、《デリンコントロ》――映里のアルバイト先であるピッツェリアだ。

砂利の敷かれた三台分くらいの駐車場と、鍵の壊れたままの何が入っているかよくわからない物置。その物置の陰に回り、自転車を停める。この位置からは裏口のほうが近いけれど、営業前はお客様も出入りする表の出入り口から入っていくのが、北村オーナーの決めたルールだ。

ベルの音を鳴らしてドアを開き、「おはようございます！」と元気よく挨拶する。

「だから、もっと腰を入れろって言ってんだ」

おはよう、の代わりに厨房の中から返ってきたのは、北村オーナーの怒鳴り声だった。おそるおそる厨房を覗きこむと、紅野さんが泣きそうな顔でピザ生地をこねている。白い調理服は、まったく似合っていない。

「おはようございます」

「ん？　ああ、おはよう、映里ちゃん」

「おはよう」

「ほら、よそ見すんなって。ああ、またちぎれちまった」

天井を見上げて大げさに嘆いてみせる北村オーナー。その左頬には、打撲傷がある。昨日までは絆《ばん》創膏《そうこう》を貼っていたけれどだいぶよくなったようだった。

「紅野さん、どうですか？」

「全然ダメだよ。今日から手伝ってもらおうってのに、基礎がなっちゃいない」

「当たり前ですよ。俺は料理を専門的に勉強したわけじゃないんだから……」

「弱音吐くなって。厨房の絶対的エースが二人も辞めたんだ。バイトでなんとか使えるやつが二人いるが、毎日は入れない。紅野さんに頑張ってもらうしかないんだよ。あ、映里ちゃん、今日、新人が来るの、知ってるよね？」

「はい」

「そろそろ来ると思うんだけど、先に掃除、始めておいてくれる？　来たら、俺のこと呼んで」

「わかりました。紅野さん、頑張ってください。今日、私の友だちが来店するんです」

「へぇー？　あ、ああ」

間の抜けた返答をする紅野さん。映里は手を振り、ロッカールームに向かう。

新しいアルバイトの人、フリーターだと言っていたな、と映里は感慨めいたものを覚えた。事件からまだ一週間なのに、いろいろ変わっていってしまう。

北村オーナーが言った「絶対的エース」というのはもちろん、片山さんと宮田さんのことだった。

事件があった日の翌朝、警察の連絡を受けて帰ってきた北村オーナーはただただ驚いたらしい。森田という老夫婦が麻薬組織の人だったことも、自分の店が取引に使われていたことも、片山さんが取締官だったことも、彼は何も知らなかった。

そんな北村オーナーの戸惑いに追い打ちをかけたのが、彼を寝ずに待って出迎えた片山さんの一言だった。

「オーナーを騙していて申し訳ありません。私は料理人ではないので、この店で働く資格はありません。お世話になりました」

「待て待て。お前は料理学校を卒業したんだろうが」

「それもすべて、潜入のためでしたので」

「待てって！」

引き留める北村オーナーを振り切るように片山さんは去っていき、そのまま二度と《デリンコントロ》には現れなかった。

片山さんより突飛な辞め方をしたのは、宮田さんのほうだった。事件の日、解放されたあと、そのまま二度と店に姿を現さなかった。

ただ、事件から二日後、北村オーナーの奥さんあてに一通の茶封筒が届けられたらしい。中には便せんが一枚。「私はゲームに負けたから、旦那さんからは手を引きます。お幸せに。モッツァレッラ」とだけ書かれていた。

その晩は修羅場だったよ、と、さすがに反省した様子で北村オーナーは語った。奥さんは激高し、泣きじゃくったあげく、一発北村オーナーを殴ることですべて不問に付すということになったらしい。今まで喧嘩らしい喧嘩もしたことのなかったあいつの一発、ものすごく効いたよ――頬にテープで貼り付けられたガーゼをさすりながら、北村オーナーは苦笑いしていた。

着替えをすませ、モップとバケツを手にホールへ戻る。床を拭いていたら、厨房から北村オーナーが木製トレイを片手に出てきた。

「食べる?」

何種類かのチーズが載せられていた。

「あとでいただきます」

「そうか」オーナーはフードカウンターにもたれ、白いぱさぱさのチーズを一片、口に入れた。あれは、ペコリーノ・ロマーノ。

「略式起訴だそうだ」

「はい?」

「カース・マルツゥ」

「ああ」

映里にとって、忘れられないチーズの名だった。北村オーナーが知り合いを通じて密《ひそ》かに手に入れ、不倫相手の宮田さんと楽しんでいたチーズ。そして、さやかちゃんを助けたチーズ。

あの日、中村の人質となったさやかちゃんは、首に手を回された状態で、テーブルの上にあったカース・マルツゥを掠《かす》めとり、服の下に隠していたのだった。車に乗せられたさやかちゃんは、助手席できちんとシートベルトをして乗っていた。中村は運転をしなければならないので当然ピストルで撃たれる危険はなかったらしい。

「こういうのって普通、運転できる人も一緒に人質にしませんか?」

さやかちゃんがそう訊ねると、中村は焦った様子で、

「スピードを上げているから、降りたら転げ落ちて死ぬぞ」

変な脅し文句を返してくるだけだった。さやかちゃんはしばらく様子を見ていたけれど、中村は行く当てがなく途方に暮れている様子だった。そこで、細い道に入ってスピードが緩まったところで、服の下に隠し持っていたカース・マルツゥを、中村の眼前に突き出した。慌てた中村はハンドルを切り損ね、タイヤは溝に嵌った。興奮してシートベルトをしていなかったため、中村はフロントガラスに頭をぶつけ、目を回してしまった。

もちろんこれは全部、あとでさやかちゃんが話してくれたことだ。

映里が受けたさやかちゃんからの電話は、河瀬刑事に引き継がれて場所が特定され、的場刑事に無線が入った。それで、中村は確保されたのだった。

「あーあ、油断したなあ。やっぱり後片付けはきちんとしないとなあ」

北村オーナーはまったく反省していない様子で言った。あの日の数日前、閉店後に一人でカース・マルツゥとワインを楽しんだあと、プライベート用の下段にしまうところを、うっかり上段の奥につっこんだのだろうということだった。

「もっと珍しい動物、たくさん輸入しているだろうに。なんでウジ虫がダメなんだよ、なあ」

「ウジ虫がダメというより、お腹を壊すからダメなんですよ」

「理屈っぽいな、酒、飲んでる?」

「もーう」

紅野さんか誰かが、あの晩の映里のことを話したのだろう。映里は笑って、掃除を続ける。

「映里ちゃんさ、明るくなったよね」

「そうですか?」

「ペコリーノ・ロマーノは塩味がきついのが魅力だけど、他のチーズと溶け合ってさらにうまみが深くなる」

またチーズを一片、口に放り込む。

「まあ、うちのチーズがうまく溶け合ったかどうか、微妙だけどな」

北村オーナーの言いたいことがなんとなくわかって、映里はモップの手を止めた。

「元気でしょうかね。宮田さんと、片山さん」

「さあな」

からんからんとベルが鳴って、出入り口が開いた。

「す、すみません。遅れました」

不安そうな顔をしているのは、背の低い、丸い眼鏡をかけた女の人だった。映里より少し年上に見える。

「松下《まつした》さん。挨拶は、『おはようございます』」

「あ、はい。おはようございます」

「はい、おはよう」

「おはようございます」

新しい仲間に、映里も挨拶をした。《デリンコントロ》——それは、イタリア語で「出会い」を意味する言葉。今日からまた、新しい日々が始まる。

2．モッツァレッラ

弧を描く海岸線が向かい合っていて、その内側にひしめき合う建物は雪をかぶっている。灰色がかったブルーと、カマンベールチーズの表面のような雪のコントラスト。自然の地形と人工物の融合——函館山《はこだてやま》展望台は風が強くて寒いけれど、眺望はとても素敵だ。手すりにもたれたまま、いつまでも見ていたい。だけど、ずっとここにいたら、写真撮影の邪魔になる。

こんな寒い平日の昼だというのに、人が多い。半分以上がカップル。

もちろん久美だって、誰かと来ようと思えば簡単だ。だが——

宮田さんは、哀しい人だと思います。——別に気にしていないと言い聞かせても、映里ちゃんの言葉はいまだに胸の中から久美を抉ってくる。

「別にいいもんね……」

口に出し、手すりから離れて歩き出す。空いたスペースにはすかさず、外国人観光客が集まっていく。

ゲームに敗北して《デリンコントロ》を去ったのは一週間前。高彦の奥さんに敗北宣言を出して終わりにしたものの、不意に、大事なものを失った気がした。

チーズだった。高彦との密会のあいだ、たくさん食べさせてもらったチーズは、いつの間にか久美の生活の一部になっていた。

どうせなら、このチーズへの興味を新たな生活の糧にしよう、と建設的なことを考えた。再就職活動の前に高彦の真似をして、全国チーズ修業みたいなことをしてもいいかもしれない。

それでいろいろ検索したら、函館に北海道じゅうの自家製チーズを扱う店があるという情報を得たのだった。

予約の時刻は午後六時。それまでじゅうぶん時間があるから観光しようと展望台までできたが……、カップルたちに映里ちゃんのきつい言葉を思い出させられてしまう。

哀しい人。だからどうしたっていうのだ。

忌々しい気持ちで、展望台中のカップルを睨《ね》めまわす。

本当に人を好きになるだって？　そんなこと、なくったっていい。今、この展望台にだってきっと、久美のようなゲームに興じているプレイヤーがいるはずだ。

……まあ、それは極端だとしても、本当はそんなに好きじゃないのに、無理やり顔に笑みを貼り付けて幸せごっこをしているカップルだって……。自分の不幸を紛らわすために、幸せなふりをしているカップルを探す。虚しい行為と思いつつ、ついやってしまう。

「あれ？」

思わず声が出た。

手すりの前で楽しそうに話しているカップルの、男性のほうに見覚えがある。

ラグビー選手のように大きな体。わかめのように縮れた髪の毛。細い目……何よりあの、オリーブ色のモッズコートに見覚えがある。

じーっと見ていると、彼はこちらを向いた。そして、目が合って、固まった。

やっぱりだ。

「片山さんじゃないですか」

別にそんなことをしなくてもよかったのに、右手を挙げて近づいていった。それで、向こうも無視できなくなったようだ。

「……やあ」

《デリンコントロ》では決してしなかった挨拶を返してくる。隣の彼女も久美を振り返り、不思議そうな顔を片山さんに向ける。

肌の白い、おっとりした感じの可愛い人だった。

3. ゴルゴンゾーラ

「そうなんですか。私には全然、作ってくれなくてぇ」

奈々が恨みがましそうな口調で、宮田に言う。

「えー。ひどい、片山さん。作ってあげてくださいよ、奈々さんにもマルゲリータ」

「ピザ窯がないだろう」

伸也はうんざりしながら、じゅうじゅうと音を立てる肉に目をやる。湯気を立てる、もやし、ニンジン、ピーマン……なぜだ？　なぜ、函館まで来て、宮田と共にジンギスカンをつつかなければならない？

「じゃあ、新居はピザ窯のある家にすればいいじゃないですか」

「あー、それいいなあ。ねえ伸也、そうしよう」

「冗談を言うな。だいたい俺はイタリアンが嫌いなんだ」

「じゃあなんでピッツェリアなんかで働いてたの？」

またその話かとうんざりしたそのとき、奈々のスマートフォンが震えた。

「げっ、お母さん。出ないとあとでまたうるさいから、いい？」

「ああ」

「すみません宮田さん、少し外させてもらいますね」

「はーい」

奈々はスマートフォンを片手に、店の外へと出ていく。伸也はすぐさま、宮田に訊ねた。

「なぜ函館にいる?」

函館山展望台で彼女の姿を見たときには戦慄を覚えてしまった。誰?　と訊ねる奈々に「このあいだまで勤めていたピッツェリアの同僚だ」と紹介する声が、自分でもわかるほど震えていた。宮田のほうはそこまで驚いておらず、それどころか奈々と意気投合し、一緒に昼食を、という流れにまで持ち込んだ。

「さっき言ったでしょ。次の就職先を見つけるまで、チーズ修業をするの」

「俺をつけてきたわけじゃないんだな?」

「何のメリットがあって?　私、麻薬なんて……」

しっ!　と伸也が人差し指を立てると宮田はびくりと肩を震わせ、周囲をうかがった。

「……ごめん」

事件を経験したからか、伸也の素性が知られてはいけない事情はよく理解してくれているように見えた。

「それより片山さんは?　何よ、函館で家具職人になるって。まさか、本気の転職じゃないでしょうね」

「当たり前だ」

伸也はさらに声を潜めた。

「先週の事件の後、上司から新たな潜入先を告げられた」

ロシアや中国、東南アジアから古い家具を輸入し、修理して売る会社だと、辰野は告げた。天板や脚など、家具を構成する部品の中に空洞を作り、そこにクスリを隠して輸入している疑いがあるというのだった。

辞令となれば全国のどこへでも行くのが麻薬取締官である。だが、いきなり東京から函館など……と戸惑う伸也に、辰野は告げた。森田夫妻が、この会社に関わる組織を頼って逃げたらしい、と。

伸也の心は決まった。森田夫妻を捕まえなければならない。だが、奈々にどう伝えようか、迷った。

急に家具職人に興味がわいた。ピッツェリアは辞めた。函館に行く。——愛想をつかされたらそれまでだと思い、端的に告げた。

「あーそう。じゃあ、私も仕事辞めなきゃね」

奈々はことともなげにそう言った。驚くのは、伸也のほうだった。

「聞いていたのか？　函館だぞ」

「いいじゃん函館。早く住むところを決めなきゃ。いつ、物件見にいく？」

おっとりした見た目とは裏腹に行動力のある奈々は、日程まで率先して決めたのだ。

「いい彼女だねえ。私とは大違い」

宮田は感心して首を振った。

「でもさ、いつまで黙っておくつもり？」

「奈々を危険な目に遭わせるつもりはない」

「ついてきてるんだから一緒じゃん。早く白状しちゃいなよ。それで愛想をつかされたら、それまでじゃない？」

まともな意見だ。不覚にも伸也はそう思ってしまう。こんな、倫理観のずれた女に指摘されるのが悔しくもあったが——いつまでも転職を繰り返す妙な男と思わせておくわけにもいかない。

「はーいお客さん、お話し中のところ、すみません」

軽妙な声に割り込まれ、宮田とともにびくりとする。テーブルのすぐ脇に、オレンジ色のエプロンをつけた中年男性の店員が立っていた。年齢は四十すぎだろうか。色黒で無精ひげが生えている。彼はテーブルの上のトングを勝手に拾い上げた。

「これ、もう引き上げないと、焦げちゃいますからね」

「す、すみません」

はいどうぞ、どうぞ、と取り皿に肉や野菜を取り分けていく店員。その顔を、宮田がじっと見ていた。店員もその視線に気づいたようだった。

「どうか、しましたか?」

「いや、あの……」宮田は彼の顔から目を離さずに言った。「ご結婚、されてます?」

「やめておけ!」

仲也の大声に、店中の客が振り返った。

4．パルミジャーノ・レッジャーノ

「くぅー、片山のやつ、戻ってきてくれねえかなあ」

窯の中にパーラーを差し入れながら、北村オーナーが嘆くように言った。仁志はなんとも申し訳ない気持ちになる。まだまだお客さんに出せるピザは焼けないようだな——そう言われ、今日のところはサラダやカプレーゼ、ブルスケッタを作るだけの役目になった。片山がいなくなり、ピザ焼きの修業をはじめてから五日が経つが、いつ売り物になるピザが焼けるのか、自分でも不安だった。

ピザを焼かなくていいとはいえ、こっちはこっちで大変だ。シーザーサラダとイタリアンサラダを間違えるとえらいことになるし、皿だってすぐに洗わないと溜まってしまう。北村オーナーはピザ窯につきっきりなので、厨房作業のほとんどを仁志がやらなければならない。久美は本当に仕事ができたんだなと、いなくなってあらためて痛感する。

今日が初日の松下さんは、八木沼の指南を受けながら、ホールをきちんとこなしているようだ。挨拶らしい挨拶もしていないが、仁志に的確にホールの様子を伝えてくれる。

「これ、お願いしまーす」

八木沼がフードカウンターに注文伝票を置いていく。

「ちょっと待った！」

「はい？」

一瞬ためらったが、確認しなければいけない。

「これ、『C』だよね、『I』じゃなくて」

すると彼女は、

「『C』です。シーザーサラダの。読みにくくて、ごめんなさい」

素直に謝り、飲み物を出すべくホールに戻っていった。あの夜以来、彼女はずいぶん丸くなった。もう、気負わず接することができる。

「おい、マリナーラとビスマルク、出るぞ！」

北村オーナーが怒鳴り、「はい」と返事をする。

《デリンコントロ》の昼食時はこうして慌ただしく――一時半を過ぎて客足が落ち着く頃には、すっかり疲れている。慣れない厨房仕事で、仁志はすぐにでも座りたいくらいだったが、店内にお客がいるうちはそうはいかない。

その客が来店したのは、二時も近くなってからだった。

「いらっしゃいませ」

フードカウンターに立っているときに出入り口のベルが鳴ったら、そう挨拶することになっている。顔を上げ、ぎょっとした。

「いらっしゃいませ、二名様ですね」

八木沼が、二人を迎える。仁志は慌てて、ホールへ出た。

「お前たち……」

さやかと、直子だった。娘はバッグにぶら下げたすしラビットのキーホルダーを見せびらかすようにしていたずらっぽく微笑み、元妻は気まずそうに目をそらしている。

「どうして」

「言ったじゃないですか、今日、私の友だちが来るって」

八木沼が肩をすくめる。

「私の、イラスト友だちです。まあ、さすがに一人で来るのはまずいので、お母さんを誘ってもらいました」

「さやかが行きたいって言ったから、来てみただけ」

直子はトゲのある目を仁志に向けてくる。だが、仁志にはわかっていた。彼女も、興味がまったくないわけではないのだ。

「片山さんの、マルゲリータを」

席に着くなり、さやかは言った。

「片山はもう辞めた」

「えー、食べそこなったな」

「まさかあなたが焼くわけじゃないでしょうね」

直子が仁志を睨みつけ、そばで八木沼が苦笑する。

「紅野さんはまだオーナーに認められていません。今日は、オーナーが焼きます」

「それならいいわ。マルゲリータよ。ほら、厨房に戻りなさい」

なぜ命令されなければならないんだ。不満の片隅で、どこかくすぐったい。

「あっ、パパ、待って」

戻ろうとする仁志を、さやかが呼び止めた。バッグの中からスケッチブックを取り出し、表紙をめくっている。八木沼がそれを覗き込んでいた。

「これ、こないだの夜の思い出に描いたんだ」

四人の人物の顔が、水彩で描かれていた。紅野仁志、八木沼映里、宮田久美、片山伸也……子どもっぽいタッチだが、特徴は捉えられている。みな、笑顔だ。あの夜、こんなに笑っただろうか。

「パパに、タイトルをつけさせてあげようかなと思ってさ」

「俺に？」

仁志はもう一度、四人の顔を見た。そして、不思議な気持ちになった。

《デリンコントロ》。それは、「出会い」

秘密を抱える三つの顔。それを何も知らない一つの顔。それでも確実に一時期、共に働いた仕事仲間だった。ピザ生地の上のチーズのようにはいかなくても、少しずつ溶け合い、またそれぞれの人生を歩んでいく。

「八木沼さん、ペン、貸してくれる？」

「はい、どうぞ」

ペンを受け取り、仁志は四人の顔の下に、タイトルを書いた。

――『クワトロ・フォルマッジ』

この作品はフィクションであり、実在の人物・団体・事件とは一切関係ありません。

初出　「ジャーロ」78（2021年9月）号～83（2022年7月）号

青柳碧人（あおやぎ・あいと）

1980年、千葉県生まれ。早稲田大学教育学部卒。2009年、『浜村渚の計算ノート』で講談社の公募企画「Birth」第3回受賞者に選ばれ、デビュー。'20年、『むかしむかしあるところに、死体がありました。』が本屋大賞にノミネート。主な著書に「浜村渚の計算ノート」シリーズ、「猫河原家の人びと」シリーズ、『二人の推理は夢見がち』『未来を、11秒だけ』『スカイツリーの花嫁花婿』『赤ずきん、ピノキオ拾って死体と出会う。』『名探偵の生まれる夜 大正謎百景』などがある。

クワトロ・フォルマッジ

2023年2月28日　初版1刷発行

著　者　青柳碧人《あおやぎあいと》

発行者　三宅貴久

発行所　株式会社 光文社

〒112-8011　東京都文京区音羽1-16-6

電話　編　集　部　03-5395-8254

書籍販売部　03-5395-8116

業　務　部　03-5395-8125

URL　光　文　社　https://www.kobunsha.com/

組　版　萩原印刷

印刷所　新藤慶昌堂

製本所　ナショナル製本

ISBN978-4-334-91513-1